この国は、変われないの？
もくじ

第一章　政治は変われないの？

第四章　本当にこのままでいいの？

第一章
政治は変われないの？

＊そして歴史はくり返す？

２０１９年６月21日付の東京新聞にこんな記事が載った。

「格差隠し　言葉すり替えか」という見出しの。

発言があったのは19日の野党合同ヒアリング。厚生労働省の伊沢知法年金課長が非正規労働者への厚生年金適用について説明する中で「最近『非正規というふうに言うな』と大臣から言われている」と述べ、「フルタイムで働いていらっしゃらないような方々」と言い換えた。

言い換えで、非正規労働者の境遇が改善するわけでもない。所得が正規より低く、国民年金であろう非正規労働者の老後資金の問題まで出てくるとヤバいから？　その前日、朝日新聞デジタルに、「『年金給付水準の低下』原案から削除　財政審が配慮か」という記事が載った。「財政制度等審議会（財務相の諮問機関）が麻生太郎財務相に提出した建議（意見書）で、原案にあった『将来の年金給付水準の低下が見込まれる』『自助努力を促すことが重要』との文言が削除されていたことがわかった」という。

こちらも、財政審がでたらめな話し合いをしていたというのでもなく、言葉を削除しただけで、なんら我々の未来の状況が変わるわけでもない。

厚労省の職員や財政審委員の方々が置かれている立場もわかる。安倍首相や麻生大臣はおっかないのだ。逆らうにはそれなりの覚悟がないとできないに違いない。

けど、考えて欲しい。あの二人は、これからお金に苦労することなんてないんだろうと思われる。その逆で今回、無いことにされた、無いことにされそうな人々がたくさんいる。問題があるのにその問題を無視することは、問題の渦中にいる人たちに対し、勝手にしろといっているのとおなじことだ。彼らの場合、それは死活問題となる。

政治家の選挙と人の命、どちらが大事かはいうまでもない。本来、政治とは世の中の弱者を救うためのものではないのか？

森友学園、加計学園、自衛隊の日報問題、金融庁の報告書の受け取り拒否、財政審の意見書の言葉隠し……。公的な文書の改ざんや隠蔽《いんぺい》は、書こうと思えばまだまだある。それがどんなに危険なことであるか。どんなに愚かなことであるか。

権力者への過剰な忖度《そんたく》もそうだ。この国は戦後、陸海軍や内務、外務、大蔵各省など、日本のあらゆる組織が公文書を焼いてしまった。当時の閣議でそうせよと決めたことだ。

その結果、戦争を美化するものや歴史修正主義者が生まれた。国が強いた個人に対する酷《ひど》いことや、都合の悪い記録が消されたことは大きい。

今は、国のために血を流せと発言する政治家まで現れた。国のことをまず考えろと。統治するものにとってその考えが浸透するのは、楽に違いない。

そして、弱者は見殺しにされる。酷いことだと思っても、声をあげづらい世の中ができあがる。

（2019・7・4）

＊衰退してゆくのかも

5月22日、金融庁が老後の資金に備えた資産形成に関する指針案を出してきた。

その指針案はどういうものかというと、公的年金に頼らず資産運用など自助努力をすべきという内容だった。

今、無貯金の高齢者が増えていることが問題となっているのにね。若い頃から金貯めて投資などで資産運用しろ、っていわれてもさ、非正規雇用などカツカツの賃金で暮らしている人も問題になってんじゃん。

今いる弱者に国が手を差し伸べるのは当然だし、増える低賃金の非正規労働者の問題をなんとかせねば、この国の大問題である超少子高齢化を食い止めることができないだろう。

そういったことをすっ飛ばし、結局、自業自得とか、自己責任とかいいたいように感じてしまったわ〜。

それに最近、政府の働き方改革の中の高齢者の就業促進が、まるで良いことのようにテレビなどで取り上げられるのが不気味じゃ。

そりゃあさ、元気でやる気に満ちている高齢者の人々が、仕事をつづけていくのはいいことなんだよ。

でも、その部分ばっかり宣伝するのは危ういとあたしは思う。

テレビで高齢のタレントさんが、高齢者の就業促進について尋ねられ、「働けるうちは働きます。ありがたいことです」と答える。でも、そのタレントさんのような高い賃金で働いている人は稀《まれ》でしょう?

定年を70歳まで引き上げたら、年金を払うのは70歳までで、支給は75歳からなんてことにならないか? 政府はまだそこについてははっきりいっていないから、あたしの不安な妄想であって欲しいけど。

だって、制度が変わるときは一斉に、だ。その一斉には無貯金の高齢者も含まれてしまう。もうみんなわかってると思うけど、お金を持っていることと健康でいられることは、ある程度比例する。

お金がない高齢者全員が元気でやる気に満ちているわけではないはずだ。けれど、年金支給は遅れ、年金の額が減ったら、そのぶん働かねばならぬ老人がいる。生活のため働くのだとしたら、足腰が痛くても、休むって解決法はないわけで。

でもって、そういう高齢者が、企業側から厚遇を受けるとは思われず。これから安価な労働力としてさらに外国人がこの国に入ってくるわけだから、そこと賃金は競うように安くされるんだろう。

そして、若者も苦労する。とりあえずの労働者を集めた企業が、これから国の宝となる若者だからといって優遇する方向に動くかしら?

内部留保を増やすことしか頭にない、社会貢献など考えない企業は、若者の賃金も安いほうに合わせると思われる。労働人口が減るというのに、正社員にはなれない若者が続出するんじゃないかと思われる。

もうこの国では、一部の人たちしか長生きを喜べない。そんな国は衰退していく運命なのかもしれない。


（2019・6・6）

＊誰かさんが怖いから

毎月勤労統計のデタラメ調査について、2月22日付の朝日新聞デジタル「官僚への支配強める長期政権　森友・加計《かけ》と似た『忖度《そんたく》』」という記事が載っていた。

だよね、みんなそう思う。直接的に安倍首相の命令があったのかどうかは不明だけど、ぜんぶ安倍さんの都合が良いように物事が不正に進められている。

森友学園問題は、学園の前理事長が、安倍首相の熱烈な支持者だった。そして、安倍さんの奥さん、昭恵さんが、学園が作ろうとしていた小学校の名誉校長になった。財務省は国有地をタダ同然で学園に売り、公文書も改ざんした。地中深くにゴミがあったという嘘までついて。

当時、理財局長だった佐川氏は、国会で売却の経緯を聞かれ、誰かさんをかばって虚偽答弁をした疑いがある。

加計学園問題は、学園の理事長が安倍さんの親友。行政をゆがめ、新たなルールのもと、むりくり愛媛県の今治《いまばり》市に獣医学部が作られた。このときは内閣府が「総理のご意向」と文部科学省に伝えた文書が出てきたんだ。柳瀬・元首相秘書官が、誰かさんの命を受けたのか、学園関係者と面会し、競合する学校に勝てるようレクチャーをしていた。

そして、毎月勤労統計問題。厚生労働省が中江・元首相秘書官の意見を受けて、有識者検討会の結論を変えた。その証拠のメールが出てきても、中江氏は「記憶にない」と苦しい言い訳。こらっ、なんでそんなことした？　誰かさんが、アベノミクスがうまくいき、国民の賃金は上がっている、そういいたがるからでしょ。誰かさんのために、調査法をこっそり変えて、数字をごまかしたんじゃね？

ひょっとして、官僚たちが誰かさんを守るのは、誰かさんが怖いから？

２０１４年に内閣人事局が出来、政権が官僚人事に口を出せるようになった。不正を犯してもあの人のために動けば出世し、逆に、既存のルールを厳密に守り、あの人に意見をいうような人は出世できない。

出世できないどころか、前川・元文部科学事務次官のように、卑劣な嫌がらせを受ける。不正をし、嘘をつき、あの人をかばった官僚が、その後、社会的に良いポジションに収まっていたりすると、腹が立つ。

だが、あたしは最近、彼らは生き方を選べたのか、と思うようになった。

誰かさんは、飴《あめ》と鞭《むち》を使い官僚を操るといわれている。もしかすると、官僚は世間から白い目で見られようと、飴を選ぶしかなかったんじゃないか。

それを拒否すれば、社会的に抹殺してやると脅されてやしないか？　プライドの高い官僚が、自分がなにで脅されているかなどと、マスコミにいえるはずもなく。

世間には、すべてを投げ捨てても真実を告白したいと考える人はいる。けれど、官僚たちがどうしてそこまで上りつめたのかを考えると、そのすべてはあたしたちと違い、重すぎるのかもしれない。

（２０１９・３・７）

＊安倍首相の感染力

ラジオで一緒に仕事をしている経済学者の金子勝先生が怒っていた。いいや、先生は現政権のやり方にかなり前から怒り沸騰なわけで、怒りを通り越し、半笑いの呆《あき》れ顔だった。

「こんなんで、俺ら、いったいどうやって仕事していったらいいのよ」と。

厚生労働省の「毎月勤労統計」の不正問題が発覚した。障害者雇用や裁量労働制のデータ、外国人技能実習生の実態調査などもデタラメであった。1月25日、野党の追及で明らかになったが、2018年、実質賃金が上がっているってのも嘘だった。GDPも怪しいという噂。

金子先生もぼやきたくなるだろう。国が出してくる資料やデータはデタラメばかりで、なにを根拠に学術研究や未来予想をすればいいの?

先生のぼやきを聞いて、あたしはいった。

「もうこうなったら、預言者になるしかない。自分のシックスセンスを信じるんだ!」

「んじゃ、これからは水晶玉でも持ち歩いちゃう? 意見を求められたら水晶玉を見ながら『こんなん出ました!』といってから答える」

あたしたちは笑った。笑い事じゃないんだけれど。

どうなっているの、この国は。この国の未来を考えるとき、知識人たちの、適切な判断や助言はいらないってか? すべて、安倍首相のやりたいようにやるからいいって? 大切なことは、安倍首相のレガシー作り。それとお仲間へいい顔をしたいから、その優遇。

とんだ独裁国家だ。マジでこの国、ぶっ壊れそう。

安倍首相はアベノミクスは成功したと胸を張っていい張る。すげぇよな。経済成長は進まず、財政再建は目標期限を先送りしたのに。

官僚は、なぜ安倍首相の嘘に付き合うんだろう。忖度《そんたく》なのか命令なのかはわからないが、学歴エリートの彼らが、ついうっかりとは考えにくい。

権力の監視という使命を忘れ、政府の発表をただ垂れ流すマスコミも(2018年、記録的な賃金上昇をうたっておった)、おかしい。

そして、ぎりぎりのところで頑張っている良識ある人間、たとえば金子先生だって、政府があげるデータが嘘ばかりなのだから、これからの研究は、自分の感覚にかなりの部分頼るしかなくなる。

安倍首相を肯定しようが否定しようが、彼が首相でいる限り、この国にいる人たちは、いや応なく彼のようになってしまう。インフルエンザより感染力が強い。

安倍首相は1月23日、ダボス会議に出席し、

「産業界は5年連続、賃金を今世紀に入って最も高い、前年比2%上げるという対応を示してきた」

と、また威張ってきた。

でも、安倍首相の目標は3%で、それは実現しなかった。どうか、海外のマスコミよ、彼の大言壮語に反応してください。この国は感染者多数で、もうどうしていいかわからない。海外からそれはまずいと特効薬が送られてくるのを待つばかりである。


(2019・2・7)

＊野党のみなさん、聞いて

〈麻生太郎副総理兼財務相は27日、東京都内であった自民党議員のパーティーで、出入国管理法改正案を巡る野党の国会対応を批判した。高市早苗衆院議院運営委員長（自民党）の解任決議案を検討した動きに触れ「否決されれば解任しようがなくなるから、普通は会期末に出す。最近は野党に素人が多いせいかもしれないが、こんな早々と出すばかがどこにいるんだ」と述べた〉（11月28日の産経デジタル版）

カーッ！　腹たつ。こっちとは数が違うんだからなにをやっても無駄よ、このバーカ、といったわけだ。

こういう男がこの国のナンバー2であることに愕然とするが、彼がいっていることも一理ある。

野党のみなさん、これからどうするのですか？

ＴＡＧという名のＦＴＡ、水道法改正、種子法廃止、米国から武器を押し付けられリボ払い。確実に安倍自民はこの国を壊しにかかっている。

もはや、右か左かも、老人か若者かも、富める者か貧する者かも関係ない。この国がいつまでも存続して欲しいと思う人にとって、安倍自民は敵じゃないのか？

一部、この国やこの国で生きる人がどうなっても、自分だけ儲かれば……という悪魔みたいな人間もいる。悪魔は恐ろしいから、そこに引きずられる人間も。

それと、自分や家族が生きるだけで精一杯で、世の中に無関心な、騙されていることすらわかっていない人がかなり多くいる。

そういう人々も、華やかな東京五輪や大阪万博のニュースの裏で、安倍自民がなにを行おうとしているのかきちんと知れば、拳を振り上げる……までいかなくても、眉をひそめると思う。多くの国民の目覚めが必要。そのためにはメディアが動かなくちゃ。

新聞だけじゃなく、ニュースやワイドショーで何日も何日も報道せざるをえない話題を作らなきゃ。

あたしは今の野党がヘボだとは思わない。ただ、相手が悪すぎる。嘘がバレて恥ずかしいとか、ズルをして良心が痛むとか、そういう人間らしい感情を持たない人たちなんだもん。

国会中継を観ていて歯ぎしりする。野党の質問に、答える気すらないじゃん、あの人たち。

正直にいう。麻生大臣のいうように、このままでは勝てない。

いやいや、来年の参議院選までに、自民党議員の醜聞ならいくつも出てくるから、大丈夫って思う？

ダメなのだ、それじゃ。ダメだったじゃん。

野党の心ある議員たちは、末端の首を取りにいくのじゃなく、安倍首相の首をかけ、自分らの辞表を出してみたらどうか？

そこまでやったら、報道ジャックできるし、真実さえわかれば国民はついていく。

誰も観ていない壊れた国会で、正義を主張しても仕方ないじゃん。いつかみんながわかってくれる日は、絶対にこない。
我々の生活や命と、議員バッジ、考えるまでもないでしょう?

（2018・12・13）

＊国民よりカジノ

西日本の水害が大変なことになっている。この原稿を書いている時点（7月14日）で、お亡くなりになった方の人数は200人を超えてしまった。避難所暮らしを余儀なくされている方々は、いったい何人になるんだろう。

破壊された街や、苦しい避難所生活を強いられている人々の映像を観ると、胸が痛くなる。

野党は早くから、国会で「法案審議を後回しにし、とにかく災害対応を優先しよう」といっていた。だが、自民党と公明党は聞く耳を持たないのだった。彼らは彼らの予定通り、なにがなんでもカジノ法案と水道民営化法案の審議を進めたい。

自民党や公明党を応援している人たちは、なぜ彼らを応援しているの? 自民や公明が、今どんなに酷《ひど》いか知っているの?

まあね、テレビで流すのは、水害の悲惨さと、安倍首相が「即座に対応する」とかいっている映像、被災地へ視察へ出かけている映像。

ぜんぜん即座に動かなかったんだけどね。飲み会して、15分だけ災害に関する閣僚会議に出て、休んで、気象庁の会見から66時間後、ようやく重い腰を上げたのが真実じゃ。

だから、自由党（当時）の山本太郎は怒った。

「カジノの審議が遅れて、誰か人が死にますか？　困るのは利害関係者だけ。カジノ審議やってる場合か！」（18年7月10日・参議院内閣委員会）

「（略）命より利権、人々の生活よりばくち解禁、被災地よりアデルソンやトランプへの貢ぎ物、全くぶれない身勝手な政治姿勢！」（12日・参議院内閣委員会）

10日に比べ、12日のほうが嫌味っぽかった。度を超えた怒りは、皮肉として表すしかないのよね。

太郎ちゃんの訴える、わかりやすい真実を。テレビで流せよ。

7月19日号の「週刊文春」に「安倍政権中枢へのカジノ『脱法献金』リスト」という記事が載った。

米カジノ企業のアドバイザーを務める人物から、安倍政権の中枢への献金リストがあげられている。アドバイザーは、麻生財務相、野田総務相、西村官房副長官、萩生田幹事長代行らのパーティー券を購入したという。政治資金規正法で、外国企業からの寄付が禁止されているのに。

そういや昨年、日経新聞電子版に、2月の日米首脳会談のとき、トランプ大統領が安倍首相に、自分のスポンサーである米国のカジノ企業を紹介したって載ってたっけ。ただ紹介しただけ……ンなわきゃないじゃん。だから今、自民・公明は必死なわけだ。我が身可愛さで、国民を売るような真似をする。

カジノを作って、外国人客を呼び込むといった嘘はもうバレている。見込んでいる客8割は日本人。儲けの7割は、トランプのスポンサー、サンズの懐に入る。

こういうことを報道しないテレビは、まさかカジノのCM狙い？　報道の意義や正義は？

（2018・7・26）

＊試してみたらどうだろう？

国会が32日間延長されることになった。

もうこの際、モリカケ問題にかかわる重要人物で、野党が名前をあげている人間を全員一気に国会に呼んで、さっさと疑惑解明の運びにすればいい。

ま、絶対にそうはしないのだろうけど。だって、安倍政権は「働き方」や「カジノ」法案をどうしてもごり押ししたいだけだもん。国会を延長してまで話し合いをした、というアリバイが欲しいだけ。最終的に数の力でねじ伏せるくせに。

そう、国会で話し合いなんかできない。とっくの昔に、国会は議論の場なんかじゃなくなっている。

与党にとっては、昔流行《はや》った「ザ・ガマン」という番組みたいなもん。

その時間だけ我慢してその場にいれば、面倒くさい事柄をクリアできたと思っている。

野党の質問に、言質を与えず、のらりくらりとかわすことだけが目標となっている。

だから、質問に正面から答えなくてもOK。ごまかし、時間稼ぎをし、質問とは違う答えを長々と話し……。

政府が高度プロフェッショナル制度をどうしても導入したいなら、まず自分らからお試しでやってみたらいい。今国会の会期延長の場からどう?

高プロは、「残業代ゼロ法案」とも「脱時間給制度」や「ホワイトカラー・エグゼンプション」とも呼ばれている。

年収1075万円以上の、一定の業種の人を労基法による労働時間、休日等の規制の対象から外す制度だ。

国会議員が、親から地盤・看板、政治資金をついだただのバカぼんの集まりではなくて、民衆の上に立つ選ばれた人だというなら、実験の対象にはちょうどいい。

嘘の報告書だしたり、嘘をついたり、文書自体を隠したり、そうやって何年も無駄にした時間を、時間制限無しの国会を開いて、一気に解決してしまったらどうだろう。解決するまで、国会議員は誰も帰っちゃダメにして。

食事の時間になったら、交代で弁当を食べる。眠くなった人は、椅子を三つならべてそこで寝る。もちろん、そういった時間もカメラはまわす。でもって、特別手当はゼロな。

自分らができてから、下々の人間にその制度を押しつけろよ。

意外と国会議員がそれをやってみて、燻《くすぶ》りつづけていたモリカケが2、3日で解決できたなら、うちら国民からも、

「高プロ、いいじゃん。規定された労働時間内では、絶対にできない無理なこともあるよね」という意見が出てくるかもよ。

どうです?

えっ、議員には高い技術なんてないから、そもそもその制度を使う人間には当てはまらない? 唯一、胸を張れるのは、人を騙すことだけ?

いやいや、ご謙遜なさるな。この国をガタガタにし、支持率3割は取れる。立派なものだと思いますよ。

(2018・7・5)

＊国難よ、どこいった？

選挙が終わったら、この国の国難はなくなったのか？　おーい、国難、どこいった？　日本国中、そう大騒ぎしてもいいよな。

が、違うところで騒いでいる人がいる。昨日、ワイドショーで、衆議院選に希望の党から出馬した、元民進党の方とご一緒した。その方は、小池百合子代表について文句をいっていた。『排除発言』で180人もの優秀な候補が戦死した。血が流れるどころか、血しぶきが飛び散った選挙だった」と。「これが戦場だったら、多くの仲間が死んでいた」と。

大げさな！　落選したら、普通の国民に戻ればいいだけじゃん。ハローワークでもなんでもいって、とっとと次の職を探せばいい。うちらはみんなそうしてる。

この方はわかっていないみたいだが、政治家の動きによって、実際に血を流すのは国民だ。非正規で働き、賃金は安いのに、社会保障費の負担も消費税も上げられる。血しぶきがあがるよりもっと悲惨な、血を搾り取られすぎてもう一滴も出ないよ、という人だって増えている。

安倍さんは「憲法改正し、自衛隊の存在を明記する」、そう選挙前の党首討論ではっきりいった。それは単に「合憲か違憲かの議論の余地をなくすためだ」と。

ほんとうなのだろうか？

自衛隊はすでに国民がその存在を認めている。なのに、わざわざ憲法にその存在が書き込まれれば、９条の意味ががらりと変わる。彼らの活動範囲は増えていくだろう。

イラク戦争のとき、国旗をかけたアメリカ軍人の棺桶がずらりと並べられた、痛ましいニュースを何度も観た。あれがこの国でも起こりうるということだ。そうなったとき、というかそうしたのが自分であっても、議員らは、ただ遺憾の意を表するだけだろう。選挙で落選したくらいで、多くの仲間が死んだなんて騒ぐんじゃないよ。

テレビに一緒に出た、元民進党で現希望の党の衆議院議員は、以前は、安保法案にも反対していた。なのに、安全保障政策を支持と書かれている希望の党の協定書に署名した。その踏み絵を踏むことが、入党できる条件だったから。

小池人気にあやかれば、今回の自分の選挙が楽になると思ったんでしょ？　途中で小池人気が崩落し、仲間がたくさん落選したと文句をいうのは、みっともなさすぎる。

議員であるなら、真っ先にあたしたち国民のことを考えるべき。それが議員である条件だ。そのために国民は、あなた方を先生と呼んでやって、その身分や生活を支えているんだし。

安倍政権を倒したい、その思いはあったとしても、元民進の安保反対だった議員は、なぜ希望にいった？

そして、なぜ立憲民主党に対立候補を立てた？　あなた方が議員として、これまで訴えてきたことはなんだったのか？

少なくともあたしは、裏切られた気分でいる。彼らのこれからを、注視したい。

（2017・11・9）

＊メンバー代え求む

7月13日、朝日新聞デジタルの首相動静によると、その日の安倍総理は、〈(午後）6時49分、東京・紀尾井町のホテル「ザ・プリンスギャラリー東京紀尾井町」。レストラン「WASHOKU　蒼天」で曽我豪・朝日新聞編集委員、山田孝男・毎日新聞特別編集委員、小田尚・読売新聞グループ本社論説主幹、石川一郎・BSジャパン社長、島田敏男・NHK解説副委員長、粕谷賢之・日本テレビ報道解説委員長、田崎史郎・時事通信特別解説委員と食事。10時10分、東京・富ケ谷の自宅〉であった。

時事通信が7～10日に実施した世論調査で、安倍内閣の支持率が29・9％と、ついに30％を切ってしまったから、そのことについて相談でもしてたんかな？

相談だったらまだしも、なにかお願いでもあったりして？

妄想だとか、疑いだとかいわれても、この時期にさんざん批判されているこのメンツでの会食なんて、そう思われても仕方なかろ。

安倍総理と会食しているのは大手報道のお偉いさん。そろそろ、それぞれの社の人間が、それぞれの社のお偉いさんに、会食でどんな話がなされたのか、詳しく訊いて、報道してくれないか？　国民の多くが知りたいと思っていることだし、取材費もかからないし。

まさか、ただの友達として、安倍総理とご飯食べてるってことはないよね？

総理大臣に誘われたことを光栄に感じ、ボケボケその場にはせ参じたわけじゃないよね？

会食している報道人は、背広の内ポケットなどにICレコーダーなどを忍ばせ、これっていうスクープを取ろうとしているんだよね？

今、総理にしゃべらせたいことはいっぱいあるでしょ。2020年までとスケジュールを切った改憲について、加計・森友問題について、支持率とご自身の進退について……などなど。

これまでも会食をつづけてきたけど、ただの広報情報だけで、スクープの一つも取れなかったということは、メンバーが悪かったのかも。なに？　指名制だからメンバーは代えられない？

安倍総理、会食のメンバーを代えてみたらいかがでしょうか？

たとえば、玉川徹《たまかわとおる》・テレビ朝日コメンテーター、望月衣塑子《いそこ》・東京新聞記者、金平茂紀《しげのり》・TBS「報道特集」キャスター、改憲のことを相談したいなら憲法学者の小林節《せつ》氏、メディアのあり方を訊きたいなら元経産省官僚の古賀茂明氏、この国の貧困の実態を知りたいならジャーナリストの斎藤貴男氏、ほかにも青木理《おさむ》氏、大谷昭宏氏、木村草太氏。

反対側の質問に答えていくことは、あなた様への国民の理解が深まることになるでしょう。それに、彼らなら、一回食事にいっただけで、あなた様の考えやお言葉を、余すことなく国民に伝えてくれると思います。

ただ「男たちの悪だくみ」をしたいのであったら、しょうがないですが。

（2017・7・27）

＊閣議決定で決めてみる？

森友学園問題、土地売却になんらおかしなところはないといい張るなら、政府が役人に「破棄したという文書、出してこい」と、そう命じればいいだけじゃん。なぜそうしない。怪しい。みんな、そのことに気づいておる。森友学園について、政府がいくら誤魔化《ごまか》しても、辻褄《つじつま》があわなくなってきてるじゃんよ。

籠池前理事長の問い合わせに対し、昭恵夫人付だった谷査恵子《さえこ》さんが返信した封筒が出てきた。それは「内閣総理大臣官邸」と印刷された政府の公式なものだった。

このことについて、3月31日放送のテレビ朝日系「モーニングショー」では、元文部官僚の寺脇研さんが、「これはもう公務ですよ。封筒は公的なことにしか使わない」とコメント。作家の吉永みち子さんも、「誰が見ても公務で、公務でないということに無理がありますよ」といっていた。だよね、官僚の谷さんが個人的に籠池さんの相談に乗ったなんて、無理筋だもん。ほかにも出てきた。雑誌「FLASH」4月11日号に、幼稚園で働いていた籠池さんの長女のインタビュー。そこで彼女は、寄付の事実を知る職員が、身内以外にもいることを語っていた。

昭恵さんが私人か公人かを閣議決定で決めた内閣だもの、いっそのこと、昭恵さんの寄付もあったかないか、閣議決定で決めてみる？　谷さんが、昭恵さんの意向じゃなく、個人で動いたかどうかも。今回の件、安倍首相が絡んでいるかそうでないかも、閣議決定で決めちゃうか？

いや、これ、笑い事じゃないんだって。4月1日の朝日新聞デジタルによると、〈安倍内閣は31日、戦前・戦中に道徳や教育の基本方針とされた教育勅語について、「憲法や教育基本法等に反しないような形で教材として用いることまでは否定されることではない」との答弁書を閣議決定した〉。うわぉ！

国民の心のあり方の話なのに、こういうことも閣議決定で決めちゃうわけね。どこぞの独裁国家みたいだ。

そうそう、安倍さんは国会で昭恵さんの寄付について民進党の議員に突っ込まれ、「御党の辻元さんにも同じことが起こっている」と答えたんだ。「辻元議員は疑惑を真っ向から否定している。『ない』ということは証明のしようがないのは常識で、『悪魔の証明』といわれている」と。

ことの発端は、籠池夫人が昭恵さんに送ったメールに、辻元議員が幼稚園に侵入した、工事にスパイを送った、などという妄想を書いたことだ。しかし、この疑惑については解決済み。工事の籠池夫人が、「事実ではない」と、工事の人間も「辻元さんとは面識がない」と証言した。

さあ、どうする安倍首相。辻元さんは疑惑を払拭できたぞ。となると、お次はあなたの奥様の番では？

というか、いちばん最初の約束を覚えてる？　総理辞めるって威張ってたやつよ。そういったかどうかも閣議決定で決めてみっか？

（2017・4・13）

＊籠池さんと嘘つきと仲間たち

3月23日、森友学園の籠池氏の証人喚問があった。質問に立った与党議員や日本維新の会の議員は、籠池さんを詐欺師の嘘つきにしたいように見えた。

ただ、籠池さんは思いのほか堂々としていた。嘘をつくと罪に問われるのに。詐欺師ってそういうもの、といわれればあたしにもよくわかんないんだけどさ。

しかし、与党や維新の議員の意図が見えれば、そのことでまた疑問も湧いた。

なんで、詐欺師みたいな嘘つきの籠池さんを、後押しするみたいなことしてた？ 首相の奥様の昭恵さんが名誉校長を引き受け、首相だってはじめの頃は国会で、「私の考え方に非常に共鳴している方」「妻から、教育に対する熱意は素晴らしいと聞いている」といってたじゃん。だから、講演も引き受けたんじゃないの？（行かなかったが、お詫びを首相名義で送っている）

森友学園のパンフレットに名前や顔写真が載っていた議員や有名人は、今となっては知らぬ存ぜぬであるが、国有地不正売却疑惑が問題にされる前は、学園を応援していたわけでしょう？

そういった人たちがいるから、詐欺師で嘘つきの籠池さんが、小学校を作るまでになったんじゃないの？ それが籠池さんがいう「風が吹いた」の「風」でしょ。

まあ、それはおいといて、証人喚問で、籠池さんが昭恵さんに相談を持ちかけ、それについて昭恵さんの秘書が回答しているＦＡＸが出て来た。この秘書は、経産省から出向していた人。

秘書は財務省国有財産審理室長から、回答をもらってきた。

菅官房長官はこのことについて、「忖度《そんたく》以前のゼロ回答だ（から問題ない）」といっている。たしかに、ＦＡＸには「ご希望に沿うことはできないようでございますが」と書かれているが、その後にこう続く。「引き続き、当方としても見守ってまいりたいと思いますので、何かございましたらご教示ください」。その上、「平成27年度の予算での措置ができなかったため、平成28年度での予算措置を行う方向で調整中」とも書かれていた。

秘書が勝手に動くか？　こりゃあもう、籠池さんの依頼があって、昭恵さんが秘書に頼んで、財務省に学校のことを掛け合ったってことよねぇ。

となると、「私や妻が（国有地売却や学校認可に）関係していたことになれば、首相も国会議員も辞める」と発言された安倍首相はどう決着をつけるんだろう。

まぁね、安倍内閣には、弁護士の夫が籠池さんと共に、近畿財務局と大阪航空局の職員と会ってたという稲田大臣もおるからなぁ。この人、そんなことあるはずないと、確実にバレる瞬間まで嘘を通そうとする、気合の入った嘘つきよ。

それにしても昭恵さん、証人喚問での発言にＦａｃｅｂｏｏｋで反論って……。すべての国民は法の下に平等じゃないの？　この内閣下で、憲法の小馬鹿の仕方は半端ない。

（２０１７・４・５）

＊とんだ愛国心ですな

大阪府豊中市の国有地が、近隣国有地と比べ90％オフという破格値で売られた。小学校を建てるという学校法人森友学園に。

この小学校の名誉校長は安倍首相の奥さん、昭恵さんだ。

そして２０１４年ごろ、安倍さんが総理在職時に、「安倍晋三記念小学校」という名で寄付を募った振込用紙が配られていた。

そうそう、森友学園が運営している幼稚園はすでにある。塚本幼稚園幼児教育学園だ。この幼稚園は園児に軍歌を歌わせたり、教育勅語を暗唱させたり。日刊スポーツの記事によれば、運動会で園児に「日本を悪者にする中国や韓国は心を改めて。安倍首相がんばれ！」、そう選手宣誓させたみたい。んでもって保護者たちにも、「よこしまな考えを持った在日韓国人や支那人」などと書かれた差別文書を配布するなどし、それも問題になっている。

まあ、森友学園の理事長の籠池泰典さんは「日本会議大阪」の役員だからな。

そんな幼稚園で昭恵さんは、講演会を開き、

「普通の公立小学校の教育を受けると、せっかくここで芯ができたものが、またそこ（公立小学校）に入った途端、揺らいでしまう」

などと発言している。これって、森友学園の作る小学校への勧誘じゃん。

なのに、2月17日、このことで国会で質問を受けた安倍さんは、森友学園の教育は素晴ら

しいと誉めながらも、

「(国有地売却に) 私や妻が関係していたということになれば、これはもう、まさに私は総理大臣も国会議員も辞めるということははっきりと申し上げておきたい」

と述べた。

まさにもへったくれも、ここまで証拠があんだから、じゃあもう辞めなきゃって話だわ。ご本人がせっかく辞める、といってるのだ。野党は責めなきゃ。マスコミだって。

ちなみに、財務省はつい先日までこの国有地の値段を頑《かたく》なに非公開としていた。豊中市が公園にするため14億2300万円で買った近隣の国有地とほぼ同じ大きさなのに、森友学園には1億3400万円で売られた。

財務省は地下に埋まっていたゴミの撤去費用約8億1900万円を控除した、と説明しているが、苦しい嘘だ。8億円ぶんのゴミが撤去された痕跡がない。それに、森友学園の前にもっと高い値段で買いたいという学校法人があったが、そこには売らなかった。

国有地は国の財産だ。それを仲間である個人に、安値で簡単に譲るとは、とんだ愛国心だな。トランプさんによいしょするため、米国のインフラ事業への投資で約51兆円の市場を創出するみたいだし。安倍さんたら、海外で良い顔したいから、外遊のついでにうちらの血税をバラまいてくるんだよな。金だけならまだしも、自衛隊員の命まで差し出そうとして。

それにしても、「安倍晋三記念小学校」って、お隣の金家が好みそうなセンスだわい。

(2017・3・3)

＊「税収が足りない」とか二度といわないで

国連人権理事会から特別報告者に選ばれたカリフォルニア大アーバイン校教授のデビッド・ケイさんは、一度は去年の12月に予定された調査を、日本政府になんたらかんたら理由をつけられ先送りされた。しかし、世界で「国連の調査を妨害している」と日本批判が起こったため、今回は予定通りに調査できたみたいだ。

日本政府は、デビッドさんの視察を、「今年の秋以降で」といっていた。秋といったら、選挙が終わってから。それまで不都合な事実を隠したい、それこそ報道の自由を軽くみている証拠だわ。

「国境なき記者団」の「報道の自由度」ランキングが発表された。「報道の自由度」、２０１０年に日本は過去最高の11位だったこともあるけど、安倍政権になって順位は下がってゆき、去年は過去最低の61位。今年はさらにその下の72位になっちゃった。そのうち、ロシアや中国や北朝鮮なみにするつもりか？　それらの国は、ほかの国から白い目で見られているんですけど。

菅官房長官も高市総務相も、デビッドさんの面談から逃げ回っていたというから、今現在、自分らはヤバイことしてるって自覚はあったに違いない。わかってやっているんだから、ほんとうのワルだよ。

熊本地震は、震度7という巨大地震で、本震が起きてからも、ぐらぐらと揺れつづけている。

熊本と大分の避難者は4万人を上回るらしい。

しかし、熊本県知事が求める「激甚災害指定」を安倍首相はすぐに出さなかった。

「激甚災害指定」は被災自治体に対し、国が迅速にふんだんな財政支援を行えるものだ。

結局、お金を出すのを渋っているのか。できることはぎりぎり地方でやれ、そういいたいのか。冷たいよな。

海外にいっては、金をばらまいてきているのに。海外で自分らだけがいい顔をできればそれでOKか。でも、そのお金は血税だ。こういうときにこそ、使うべきお金。

それと、あたしたち国民に向かって、「税収が足りない」とか二度といわないでほしい。そのまえにやることあるでしょう?

世界を揺るがしたパナマ文書。4月20日付「日刊ゲンダイ」の「金子勝の天下の逆襲」にはこんなことが書かれていた。

「国際決済銀行（ＢＩＳ）の公表資料によると、タックスヘイブンであるケイマン諸島に対する日本の金融機関の投資や融資残高は、２０１５年12月末時点で５２２０億ドル（約63兆円）もあるという」

パナマ文書を調査しない国は、ロシアと中国と日本くらい。

税収が足りなくば、法の抜け道を閉ざし、適正に課税して金持ちからお金をとったらいい。

（２０１６・５・13）

＊どちらにしてもヤバい

現実という言葉を辞書で調べたら、「いま目の前に事実として現れている事柄や状態」と書かれていた。ってことは、人それぞれの目の前ってことなのか？

人は眼を利用し、脳でものを見ているという。だとしたら、個人の都合によって、現実も違ってくるの？

東京新聞の1月20日付の「こちら特報部」に、「首相が誇る数字の疑問」という記事が載っていた。

「首相は自らの経済政策による景気回復効果に自信満々だ。実際、それを支える数字がある。だが、同時に否定する別の数字もある」

安倍さんは3年間で景気は回復したし、賃金も上昇しているといっている。しかし、共産党の小池晃さんは、日本は貧困大国になったといっている。そして、二人は具体的な数字をあげる。なぜ、そうなる？

小池さんがあげるのは、厚生労働省の国民生活基礎調査を基にした２０１２年の相対的貧困率16・１％という数字で、安倍さんが出してくるのは、総務省による09年の全国消費実態調査から算出した相対的貧困率10・１％という数字だからだそうだ。

「厚労省の調査は全国二千カ所の全世帯を対象に聞き取り調査で調べる。一方、総務省の調査は家計簿を付けてもらう方式。時間的余裕のない生活困窮者は、調査に応じない傾向があると言われている」

賃金上昇についても、安倍さんが出してくる数字は経団連の調べによるもの。東証1部上場の従業員が500人以上の企業、約250社が対象で、大半が正社員だ。

中小企業も含めた厚労省の毎月勤労統計調査によると、12年から実質賃金は減りつづけている。

記事には、肝心な点は貧困者が増えていることだと書かれておった。もっともだ。

安倍さんはあたしたちを騙すため、わざとそういう数字を選んで使うのだろうか。それとも、安倍さんの「いま目の前に事実として現れている事柄や状態」がそうなのか。

どちらにしてもヤバい。

多くの国民の現実をとらえられない首相って、どうよ？　少数意見の尊重も大事だが、勝ち組への贔屓《ひいき》は政治家の仕事じゃない、逆だ、逆。

と、ここまで書いて朝になったので、ごはんを食べながら新聞でも読むかと、配達されたばかりの東京新聞（21日付）を取ってきた。またまた数字の誤魔化しが載っていた。

「政府試算　なぜ倍増」

衆議院予算委で、麻生財務大臣や安倍首相は、消費税が10％になった場合の国民一人当たりの負担額を、はじめは年間1万4千円といっていたが、その数字おかしくね？　と、これまた共産党の小池議員に突っ込まれ、けっきょく2万7千円に変更したみたい。

財務省が計算方法を使い分けたからだって。それって、自分らの都合に合った数字を使ってるってことだって。

具体的な数字を出されても、もう騙されんなっ！


（2016・2・5）

＊貧困の現実無視する安倍首相に「こりゃ、ダミだ。」

ＮＨＫ「クローズアップ現代」のキャスター、国谷裕子《くにやひろこ》さんが、3月いっぱいで番組降板なんだとか。

テレ朝「報道ステーション」の古舘《ふるたち》さん、ＴＢＳの「ＮＥＷＳ23」の岸井さんも降板するんだっけ？

「クローズアップ現代」も「報道ステーション」も「ＮＥＷＳ23」も、それぞれの局の看板番組だ。実際、それなりに視聴率を取り、番組としての実績がある。

なのに、なんで？

そういや読売テレビ「情報ライブ　ミヤネ屋」でコメンテーターやってた青木理《おさむ》さんも、番組をおろされたっていってたっけ。その前は「報道ステーション」でコメンテーターをやっていた古賀さんだ。

このラインナップを目にすると、ちょっと考えちゃうよ。べつに意味なんてない、そういわれても。

なので、今回は突っ込みどころ満載な国会のことじゃなく、べつのことでも書くか、と思った。


この国の貧困率。ものすごく深刻だ。

平成24年は相対的貧困率が16・1%だった(ちなみに、OECD平均11・3%)。子どものいる現役世代で、ひとり親家庭の貧困率は54・6%(ちなみにOECD平均は31%)。

この国では一世帯当たりの手取り収入240万円、労働者一人当たり120万円ぐらいがボーダーラインだといわれている。

メディアでは「景気は上向き」みたいなことばかりをいいつづけているけど、あたしのまわりにも貧困に苦しみだす人がちらほらと出てきていて辛い。16%といえば、6人に1人が貧困ということだもん。たまたまそういう人もいるという数字じゃない。

6人に1人が5人に1人になり、3人に1人となる。自分はかろうじてセーフでも、自分の子がそこにはまる可能性は高い。

去年、政府が子どもの貧困対策として「子どもの未来応援基金」というのをはじめたが、もっと国としてきちんと対策を打ってくれと我々はせっついたほうがいいんじゃないか。

そんなことを考えながら、ボケッと国会の様子をネットで見ていたら……。

安倍首相が、野党からパートの増加や一人あたりの賃金の低下を指摘され、「妻は働いていなかったけれども、『景気が本格的に良くなって来たからそろそろ働こうかしら』と思ったら、我が家の収入は妻が25万円で私が50万円で75万円にふえるわけでございますから。2人で働くことから2で割ると平均の収入は下がっていく」と返答していた。パートで25万円？　夫の月収が50万円？

ノーッ！　厚労省が出している数字では、現金給与総額の平均は、27万4千円じゃ。パートは9万6千円。

こりゃ、ダミだ。あの方のまわりには6人に1人の人はいないみたいだし、無視することにしたんかな。自分のお仲間に、そういう人はいないから。

この手の話がつづきすぎたから、しばらくやめとこうと思ったばかりだったのに。

（2016・1・21）

＊札束で黙らせようとする政治家は「下品度ＭＡＸ」

政府が沖縄県名護市辺野古の3地区に、直接、地域振興の補助金を交付すると発表した。

辺野古、豊原、久志《くし》の3地区に、今年度分で計3千万円だって。すごいというか、エグいというか……。完全に、県や市町村、自治体ルールを無視。（札束見せれば、いうこと聞くだろう）

そういう態度は沖縄県民にとても失礼だと思うし、自分がそれをされたら許せないに違いない。

たしかに、人間は目先の金に弱い。あたしだって、実際にものすごい金額の札束を重ねられたら、自分の意見を貫ける自信はない。

けれど、される側とする側は、立場が異なる。される側は、追い詰められていたり、選択肢がなかったりする。対して、それをする側は、

（それをやっちゃ、人としてお終いよ）

というような手段を選んだ強者である。そういう人って、そういう人って……はっきりいって下品じゃない？　いくら力があっても、尊敬できるリーダーとして仰ごうという気にならない。

安倍さんのいう「美しい国、日本」とは、下品な人が跋扈《ばっこ》するような国なのか。実際にそうなってきてるように思う。

菅官房長官は、中国が申請した「南京大虐殺の記録」について、日本政府が懸念を伝えたにもかかわらず、ユネスコが世界記憶遺産に登録したから、分担金の支払い停止を検討すると脅しをかけた。昨年1月の名護市長選で、当時、自民党の幹事長だった石破さんは、「500億

円の名護振興基金」を出すっていい出した（負けたから出さなかった）。環境相だった石原伸晃《のぶてる》さんは、福島第一原発事故に伴う汚染土などを保管する中間貯蔵施設の建設をめぐり、「最後は金目でしょ」とボロッと本音を吐いてしまった。

そうそう、自民に楯突くマスコミには、（資金源である）スポンサーに圧力かけろ、というチンピラみたいな議員もいたっけ。

自分の意見が正しいと思うなら、相手を必ず説得できるはずと考えないか？　説得する手間暇が惜しいのか？　それとも自分の意見の正しさの根拠不足？　説得のテクニック不足？

正しさの根拠不足、テクニック不足であるのなら、なぜそこを猛省しないのか？　というか、彼らが切ろうとする札びらも、自分たちの金じゃない、あたしたちの血税だ。下品度ＭＡＸ！いずれにしても、札びらで相手の顔をひっぱたくような行為は、差別や暴力といった類のものだと思う。

ここで肝心なのは、それに負けてしまった人を叩くことが正義じゃないということ。あたしたちはいつもそこで間違ってしまいがちだ。

弱者同士の揉め事に持ち込んで、本物のワルは責任放棄し逃げきる。もういいかげん、あたしたちも学ばなきゃ。

（２０１５・11・13）

＊政府は「デタラメなことばかりしている」

安倍晋三首相は10月15日、ＪＡ全国大会であいさつし、環太平洋経済連携協定（ＴＰＰ）の大筋合意について、

「重要品目について関税撤廃の例外を確保した。日本が交渉をリードし、国益にかなう最善の結果を得ることができた」

と語った。このとき、会場にヤジが飛んだそうだ。

ＴＢＳとテレ朝のニュースでは、そう報道されていた。が、ほかの局は、そのことについてはスルー。

ヤジが飛んだということまで流して、報道の意味があるんだと思うけど。そこを取り上げなきゃ、ただの広報だ。

ＴＰＰに関して、安倍自民ははじめは断固反対といっていた。それから、聖域はなんとしても絶対に守るになって、ちょっと気が弱く聖域は守りたいな、くらいになって……、見事に半回転し、この国として絶対になんとしてもＴＰＰを進めなくてはならないになった。

あたしたち国民は、政府の見事な半回転に驚くばかり。どうしてそういうことになったんだ。その具体的な説明もしてもらっていない。

だいたい、他国との具体的な話し合いが一旦終わってから、この国で対策本部を設置するってどういうこと?

今更、なにを話し合うの?　決まっちゃったことを、もとに戻すなんて、できるとも思えない。

きっと、これから話し合われるのは、TPP対策の予算についてだろう。それって来年の参議院選挙の選挙対策のバラマキだ。農業や畜産をやっている方々は、そんな一時的な金に騙されないで欲しいと思う。

いや、農業や畜産の方々だけじゃない、みな目先の金に騙されちゃいけない。

この国の借金は1057兆円。減らないどころか、増えつづけている。

そして、この国は少子高齢化。国立社会保障・人口問題研究所の推計によれば、20年後の平成47年には3人に1人がお年寄りになる。たぶんこの国の運営は、かなりきつくなる。

なのに、政府は今だけ良ければいいという、デタラメなことばかりしている。許していていいんだろうか。

安倍政権になってから、世界大学ランキングで、日本の大学のランクは下がってしまった。世界の報道の自由度も下がった。TPPに加入すれば、自給率も下がるだろう。

これらのことは、これから先の、国力につながることだと思う。

世界に誇れる天才は、この国の資源、宝だ。が、この国が教育に使う金は、先進国の中でも下の下。

世界的に食物の値段が上がったらどうする? この国は餓死者まで出している北朝鮮より、自給率が低いのだ。

報道機関はそういう大切なことを、きちっと報道しない、できない。

今日と違った明日がやってきて、はじめて、「!」を乱発した記事を書くんだろうか。そういう報道が国民にとって、どれほど意味があるんだろうか。

(2015・10・30)

*怖いを通り越すと笑けてくるのね

某学校。

先生「はい、××君、教科書の○○ページから読んでみて」

生徒、おずおずと立ち上がる。ところどころつっかえながら、教科書を読む。わからない漢字もいくつかあるようで、隣の席の子に小声で教えてもらう。

先生「どうした？　予習してくるようにいったよな」
生徒「してきました」
先生「嘘つけ」
生徒「してきましたとも。ただつまびらかにしてきていないだけです」

某家庭。

帰宅した夫に、妻が声をかける。

妻「コンビニで、牛乳とパン買ってきてくれた？」
夫「あ、忘れた」
妻「なんでよ。わざわざメールしたじゃない」
夫「メール、つまびらかに読んでない。すまん」

このように今、失敗したとき「つまびらか」という言葉を出せばウケるような気がしてる。ま、そんなことどうでもいっか。5月20日の国会の党首討論見た？　閣議決定でつぎからつぎへと先に進められている安全保障法制の整備について、野党党首が安倍首相に質問しておった。

安倍さんはこれまで通り質問にはきちんと答えないけどね。

けど、彼らのやり取りは感慨深かった。

法整備で、自衛隊が後方支援する地域や支援内容が拡大すんじゃん。そのことについて、民主党の岡田代表が、「自衛隊が戦闘に巻き込まれるリスクが高まるのではないか」と安倍さんに質問した。

安倍さんは、「戦闘が起きればすみやかに活動を一時中止、あるいは退避する。戦闘に巻き込まれることはない」、「リスクとは関わりがない」だってさ。戦闘の最中、自衛官は忍者みたいに消えるって？　無理だろう、てか、ぎゃはは笑かすんじゃゃねぇ、そう思って聞いていたら、安倍さんはもっとすごいことをいいおった。

「何をもって間違っているといっているのか分かりませんが、法案についての説明は全く正しいと思いますよ。私は総理大臣なんですから」

最高責任者の総理大臣のいうことに間違いはない、それが質問の答えだって。

ほかにも、おもしろ見所は満載で、共産党の志位委員長が過去の日本の戦争の善悪をポツダム宣言を用いて質問したら、安倍さんは、その部分はつまびらかに読んでないから、論評は差し控えたいと答えた。

「戦後レジームからの脱却」を謳《うた》う安倍さんがポツダム宣言をちゃんと読んでいない。けど、問題ない。総理大臣に間違いはないらしいから。

怖いを通り越すと、笑けてくるのね。それにしても、安倍さんて最強だ。野党がいくら追いつめても、それに答えられないのが恥ずかしいとは思ってないようで。これじゃ、まともに攻撃しても、無駄だな。どうすればいいんだか。

（２０１５・６・５）

＊税金の不払い運動をはじめたい

ＮＨＫの籾井《もみい》会長の問題発言から、ネットの呼びかけなどでＮＨＫ放送受信料不払い運動が起きていた。つい最近だと、朝日新聞の従軍慰安婦誤報問題で、これまたネットで朝日新聞の不買運動が起きている。ずいぶん前から、自民べったりな読売新聞の不買運動もネット上で見かけるしな。

あたしは仕事柄、新聞を読まなくてはいけないし（買ってない新聞もあるけど）、ＮＨＫにも出演しているので、それらの運動には乗れない。

だが、そういうことを言い出す人の気持ちも、賛同する人の気持ちもわかる。いや、むしろそういう活動が起きるのは健全で当たり前のことのように思う。

新聞もテレビも、見る人あってのもの、見る人のために作られているものであるならば、そういう意見の伝え方もありだろう。

8月29日付の東京新聞に、こんな記事が載っていた。

〈自民党は二十八日、人種差別的な街宣活動『ヘイトスピーチ』（憎悪表現）を規制するとともに、国会周辺の大音量のデモ活動の規制強化を検討し始めた〉

なんでも、ヘイトスピーチ規制策を検討するプロジェクトチーム（ＰＴ）の初会合で、高市早苗政調会長が、国会周辺のデモや街宣について、

〈（騒音で）仕事にならない。秩序ある表現の自由を守っていく観点から議論を進めてほしい〉

と発言したんだとか。

〈ＰＴは今後、国会周辺での拡声器使用を制限する静穏保持法などで対応が可能かを調べて、新たな法律が必要かどうかを判断する〉

こりゃ、毎週金曜日に国会前で行われている脱原発デモが標的かしら。

デモとヘイトスピーチは、まったく違う。ヘイトスピーチはいわゆる差別で、一部の人間を人種などで一括《ひとくく》りにし、口汚く罵《ののし》るものだけど、デモは一般国民が今の政治の在り方に対し、「違うんじゃないか」と思う国民もいるよ、そうわかってもらうために集まるものだ。スピーチの内容より、人数が大切。なぜならば、権力者に対しての訴えだからだ。

国民の訴えを騒音に感じるなら、国民の代弁者である政治家をやめるしかない。

脱原発デモが気に入らないのなら、あんな事故があったにもかかわらず原発推進するわけを、

国民が納得するように説明したらいい。批判に対し、真正面から丁寧に反論していったらいい。あんたがた政治家は、そういう場をたくさん持っているじゃないか。なんのためにテレビ局や新聞社のトップと飯を食いにいっているのだ。メディアの意向を変えようとするのではなく、正々堂々と批判に答える場をもらえばいいじゃない。

ほんと、国民の気持ちを考えず駒の一つぐらいにしか思っていなそうな、この政権がイヤ。税務署に捕まらないんだったら、あたしたちの気持ちをわかってもらえるまで、税金の不払い運動をはじめたいぐらいだ。

（2014・9・12）

＊安倍首相の俳句の〝破壊力〟とは

「給料の　上がりし春は　八重桜」

この俳句、どうよ？　安倍さんが2014年4月12日、彼主催の「桜を見る会」で自分で作って披露した俳句だ。

あたしは新聞でこの記事を見つけたとき、全身の力が抜けた。てことは、一瞬「？」と思うけど、じつは非常に破壊力のあるすっごい俳句なのだろうか。俳句素人のあたしにはわからない深い意味でも入っていたり。覚えたくないけど、すぐ覚えてしまうよ。

あたしは友達の歌人・枡野《ますの》浩一さんに電話をかけた。この俳句、どうよ？　と。枡ちゃんは、電話口で一瞬黙った。そして、いった。

「……室井さんが作ったの？」

「いや、あたしじゃない安倍総理」

「ふうん」

「で、どうよ？」

「俳句や短歌は、誰が作ったかが込みで評価されるものなんだよ。読み人知らずってあるけど、あれはわざとそうやっているわけだし、そのことに意味が……」

枡ちゃんの話を聞きながら、あたしは考えていた。「給料の……」俳句になぜ破壊力があるのか。それは安倍さんが作ったものだからだ。

13日付の産経新聞には、「今年の春闘で、大手企業のベースアップ（ベア）が相次いだことを念頭に、政府の賃上げ要請の成果に自信を示した」と書かれてあった。

とすれば、首相のまわりに生えている桜の木と、あたしたちのまわりに生えている桜の木は、おなじであっても見え方が違う。でも、首相という立場の人間であれば、物価も消費税も上がり、財布の中の千円札を散りゆく桜の花びらに見立てている人たちのことも把握していないといけない。

この句に破壊級の何かを感じるのは、一国の首相、全体を把握していなきゃならない方が（しかも、生活が大変な方が多数だ）、かなり管見であるということだ。

安倍さんのお花見の前、8日発売の「女性自身」にはこんな記事が載っていた。「4月1日を境に〝アベノミクス餓死〟がますます増える!!」という見出しで。

「アベノミクスによる好況が伝えられているが、日本人の『餓死』は特殊なことではなくなりつつある。2011年の国内の餓死者は栄養失調と食糧の不足を合わせて1746人。およそ5時間に1人が餓死しているという状態だ」

餓死の問題は、以前は路上生活者によるものだったが、近年では一般家庭や若者にも広がっているらしい。

安倍さんの俳句から、自分が小学生のとき作った俳句を思い出した。京都にて作った俳句だ。

「八つ橋と　柴漬け食べて　お茶飲んで」

「京都まで連れて来てやって、そうじゃないだろ」と先生に怒られた。ほんとうにおまえは馬鹿だな、と。

安倍さんには「首相なのに、そうじゃないだろ」、そういって怒ってくれる人はいないのか。その後の言葉も……。一国のトップがあの俳句ってさ。


（2014・4・25）

第二章 流されちゃいけない！

＊結局、金かい？

２０１９年9月27日付の「ＲＵＧＢＹ　ＲＥＰＵＢＬＩＣ」によると、「ラグビーワールドカップ２０１９組織委員会は9月27日、開幕からの1週間で、観客動員数は延べ42万人を超え、１試合の平均観客数は3万５５２０人を記録したと発表した。（中略）チケット販売も好調で、現在、販売可能席の97％が販売済みとのこと」

なんか、日本チームが強い国のチームに勝つなど、奇跡みたいなことが起こっているらしいじゃん（ごめん、見てないので詳しくないの）。

もちろんあたしが言いたいのは、そんなことじゃない。

メディアが本気を出せばこうなる。彼らが国民に本気で伝えたいことがあったなら、ちゃんと伝えられる。宣伝する気になって宣伝したら、国民を沸かせられる。

選挙が近くなったら、アナウンサーが、「投票は○日です。投票にいきましょう」

そう必ずアナウンスするが、ほんとはやる気がないんだろうな。

ほんとの本気で多くの国民の足を投票所に向かわせたいのなら、とっくの昔にそうできているはずだもん。

なぜそれをしないのかというと、そこに金が発生しないからなのかもしれない。

自民党は組織票が多く、無党派層が動かないほうがいい。そう考えれば、これも忖度《そんたく》というやつなのかも。

なにしろ、政権与党と仲良くしていたほうが金になる。

10月1日から消費税が10％になった。その宣伝のための費用に74億円も使っているという。

6月7日のテレ朝ニュースによると、

「宣伝のための費用はプレミアム商品券が14億円で、対象世帯かどうか確認を促すよう通知するテレビCMなどに加え、今月末に発表するゆるキャラの制作に充てたということです。（中略）さらに、ポイント還元には60億円余りを計上していて、合わせて74億円に上ります」

だそうだ。

金でマスコミを黙らせたのか。どうりでおかしいと思ったんだよ。ワイドショーなどで消費税増税について時間を割いて流す時、ポイント還元のことばっかやってて。

増税のことを取り上げるなら、それをやったらどうなるかだろ。テレビを観ている多くの視聴者にとって、辛い現実がやってくるという話だろ。

でも、そういうことはほぼやらなかった。宣伝費をもらったからか？

てか、消費税が本当に必要だと多くの国民を納得させる説明ができるのなら、宣伝費なんていらんのよね。安倍首相が前に出てきて、国民に説明をしたらいいわけで。

マスコミがあたしたちの味方なら、安倍首相にそう訴えたわな。それは無理でも、消費税の真実は伝えた。

宣伝費は税金。多くの人間が出した血税だ。それで簡単に儲けることに、なんらためらいもないのだろうか？　正義のマスコミってのはもはや死語？

（2019・10・18）

＊同胞としての懸念

安倍政権は出入国管理法の改正案を閣議決定し、外国人労働者の受け入れ拡大を決めた。海外のほかの国では、移民の受け入れが大問題になっていたりするから、この国の将来を左右するかなり大胆な決定だったと思う。

ま、安倍首相は、「労働力の受け入れであり移民政策ではない」といっているんだけどさ。いつものことだ。

米国側がFTAと呼んじゃってる協定を、「いいや、TAG」と言い張るし、海外でこの国のファーストレディーとして活動する夫人を、「いいや、私人」と閣議決定したし。そうそう、森友問題で、「私や妻が関わっていたら、総理も議員も辞める」といっていたのに、「私や妻が贈収賄に関わっていたら」となにげにニュアンスを変えてきたっけ。

この国は超少子高齢化。労働人口が不足しているから、外国人労働者をもっと広く受け入れなきゃ、といわれれば納得もする。しかし、そのための準備が必要だとも思う。

来年の4月から新たな制度で外国人労働者を受け入れるって、大丈夫か？

すでにこの国の外国人労働者は、128万人だという。この国は外国人の単純労働を認めないことになっているが、あたしの生活の中でもちょくちょく出会う。宅配便、コンビニ、外食産業、この国で人手不足といわれる業種のアルバイトをしていたりする。

たまにというか、けっこう頻繁に、外国人労働者が、うちら日本人から、横柄な態度を取られているのを目にして、嫌な気分になる。

あたしの住む街は、海外からの旅行者も多い。でも、金を落としてくれる旅行者と、労働者への、一部、日本人の態度が微妙に違うような気がする。

10月29日の朝日新聞に「外国人労働者『人』として受け入れよう」という、あたしの気持ちを代弁してくれる社説が載っていた。

そこにはこう書かれていた。〈外国人に頼らなければ、もはやこの国は成り立たない。その認識の下、同じ社会でともに生活する仲間として外国人を受け入れ、遇するべきだ〉と。

そうなのだ。それが徹底してなされないのであれば、あたしは外国人労働者のこれ以上の受け入れに反対だ。

この国が好きだから。

差別がいかに恥ずかしいかという教育がなされないまま外国人労働者を呼んでしまうことは、この国の逆広報にならないか。

なぜ、単純労働を担う外国人労働者の在留期間は最長5年で、その間、家族と一緒に住んではいけないことになっているの？　自民党の改憲草案では家族の大切さを謳《うた》っているくせに。つまり安倍政権は、外国人労働者を人として見ていないのではないか？

自民党の議員の中には、在特会やヘイトスピーチ団体と仲が良い者もいる。思考がネトウヨ的な人も。

まず、そこが変わらなければならないんじゃない？　同胞としてこれ以上、世界に恥を広めたくない。

（2018・11・15）

＊最悪に向かって

前のコラムに、この国の人々に「差別がいかに恥ずかしいかという教育がなされないまま外国人労働者を呼んでしまうことは、この国の逆広報になるのではないか」という話を書いた。

外国人に頼らなければ、もはやこの国は成り立たないというのであれば、我々は一緒に生きていく仲間として彼らを迎えるべきであると。

今、日本には128万人の外国人労働者がいて、その中に、酷《ひど》い扱いを受けている人たちがいる。

いじめに遭ったり、職場で怪我をしても労災を申請してもらえず国へ帰れといわれたり、高度な専門技術を学ぶために日本へ来たのに福島県内の除染作業に行かされたり、残業代が1時間300円しか払われなかったり。

現状として、そういう酷い扱いを受けている外国人労働者がいる。彼らへの対策がなされないまま、新たに外国人労働者を迎えるのはどうなのか？　この国の評判はますます悪いものにならないか？

今回は別の角度から、外国人労働者をたくさん受け入れたらどうなるかを書く。ちょうど、11月3日放送のAbemaTV「みのもんたのよるバズ！」に経済評論家の森永卓郎さんが出ていて、数字を出して怖い話をしていたからだ。

森永さんは番組の中でこういっていた。

「経済企画庁（当時）の試算では外国人労働者が50万人入ってくると単純労働者の賃金が14％、100万人流入で24％下がる。今回の法案ではビルメンテナンスとか外食などに外国人を入れようとしているが、一方で政府は70歳まで働けと言い出している。高齢者が働く場所に外国人が入ってくれば、ただでさえ定年後に年収激減で苦しんでいるのに、さらに賃金が下がることになる」

最近では高齢者の貧困が問題となっている。森永さんは高齢者を例にあげたが、ワリを食うのは高齢者だけじゃないよね。

政府はこの国で働き手の足りないところに、外国人労働者をまわすようなことをいっている。

この国で労働力が不足しているところは、仕事がキツイのに低賃金であったり、長時間労働であったり、それなりに理由がある。

ほんとうに働き手が足りず困っているならば、企業側も労働者の賃金を上げるなり、待遇を良くするなり、努力しなくちゃならない。

そこをすっ飛ばし、外国人労働者を入れるとなると、今、この国でいちばん苦しい思いをしている人たちが、もっと辛い立場に追い込まれることになると思われる。

勢いを失いつつあるこの国では、ピラミッド全体が下にひきずられていく。ほんの一部の富める者の安泰を維持するために、格差はますます広がっていく。

そのとき政府は、外国人労働者への差別を取り締まるだろうか?

我々のうっぷんのはけ口として、外国人の差別にも目をつむるような気がする。最悪だ。

（2018・11・22）

＊消費税の嘘

安倍首相は消費税を、2019年10月1日に予定通り10％に引き上げると表明した。社会保障費の財源を確保するため、増税は不可避だと判断したからなんだって。

テレビのワイドショーなどでは、この話題をかなり長く扱っていた。たとえば、軽減税率について。

おなじ店で買った食品でも、持ち帰ると8％の消費税、その場で食べると10％になるとかさ。クレジットカードなどを使うと、2％ぶんのポイントが還元される案が出ているとか。

話題にしなきゃならないのはそこなのかね？

10月19日、植草一秀さん（経済学者）の『知られざる真実』というブログに、「メディアが伝えぬ税制改悪の知られざる真実」というコラムが載っていた。

植草先生は、〈消費税増税を強行実施すれば、日本経済は確実に崩壊する〉という。〈しかし、それ以上に重大な問題がある〉と。

先生は1989年度と2016年度の税収構造を比較する。

税収規模、1989年度54・9兆円→2016年度55・5兆円。

ただ、税収の内訳、構造が変わっている。

所得税は21・4兆円→17・6兆円に。法人税は19・0兆円→10・3兆円。消費税は3・3兆円→17・2兆円と。

〈この27年間の変化は法人税が９兆円減り、所得税が４兆円減り、消費税が14兆円増えたことだけなのだ〉

〈多くの国民は騙されている。日本の財政状況が危機的で、社会保障制度を維持するためには消費税増税が必要であると聞かされてきた。しかし、現実はまったく違う。法人税減税と所得税減税を実施するために消費税増税が行われてきただけなのだ〉

マジかよ。

うちら多くの国民は、大企業や一握りのお金持ちの幸せのため、ぎりぎり生かされている存在なんだな。数字まであがっている以上、こちらをテレビで流すべきではないか？　当初の約束と違い、消費税を社会保障費以外のことに使うと変更したこともな！　てかさ、今回の安倍政権から出た消費税上げるって話、どうも胡散《うさん》臭い。

植草先生は、〈安倍首相はこれまで消費税を選挙に利用してきた。（中略）消費税増税を再々延期するなら、そのカードをもっとも高く売りたい。（中略）したがって、カードを切るタイミングは選挙直前になる〉ともいっている。

参議院議員の山本太郎ちゃんも、10月14日のＴｗｉｔｔｅｒで、〈参院選前、不利な状況なら与党は「凍結」カードを出すはず。今10％への増税を強調しておけば「凍結」カードは効果絶大〉といっている。

２０１４年も２０１６年も、テレビはおなじ手法で間接的に選挙で安倍首相を応援することになった。

だって、そうでしょう。増税延期で国民の是非を問うってイカサマを、イカサマといわずに報じるんだから。今回もまたということであれば、わざとかな?

（2018・11・1）

＊次に巨大災害が起きたら?

2018年9月6日、北海道で最大震度7の地震が発生した。その2日前には、西日本で大きな台風の被害があり、その前々月は西日本豪雨。

テレビには、破壊された街や、家族の安否がわからず泣いている人や、家が壊れ途方にくれている人の映像が流れている。

観ていると不安でたまらない気持ちになるが、そこで観ることさえやめてしまうのは、非情な気がして。

おなじ国の仲間だもん。彼らが今、どういう気持ちであるのかという想像は、しなくてはいけないと思う。

テレビに映っている方と、温かいものを食べ、ベッドで寝ることができている自分、なにかひとつでも違えばそれは逆だったかもしれないと考える。未来の自分や、子どもの将来なのかもしれないと。

不幸な目に遭ってお亡くなりになってしまった方の命を取り戻すことはできないけれど、今、大変な思いをされている方々の生活が、一刻も早く通常通りのものになって欲しいと願う。それにはやはり莫大な額のお金が必要だ。多くの人が、災害に遭われた方の気持ちに寄り添い、そのことについて声をあげなければ。

7日の毎日新聞電子版に「政府　地震や豪雨、補正予算編成へ　1兆円超規模」という記事を見つけた。

なんでも秋の臨時国会への提出を検討し、そうする予定らしい。

2018年度予算の予備費と災害対応予算は4200億円だという。政府が災害対応に充てるつもりのお金は、ぜんぜん足りていないということだ。この先、年度末までもう災害は起きない保証もないのに。

災害が起きた時、被害をできるだけ小さくするべく、インフラ整備などに力を入れれば、かかるお金はもっともっとだろう。

お金は無尽蔵にあるわけではないから、災害対応費、どこをどう削ってもってくるかはとても重要なことだ。

たとえば、この国の防衛費は、ついに5兆円を突破した。隣国の脅威に怯《おび》えて米国から高い武器を買うより、今は災害対策じゃないの？　お高い武器より、自衛官の人数と、各都道府県に災害で必要な重機の設置が大切だったりしないの？

もっとはっきりいえば、東京都の調査チームの推計で3兆円もお金がかかる可能性があるオリンピックを辞退し、そのお金を被災者や、これから起こりえる災害の対応費にまわしたほうがいいんじゃないの？

そういう話が一切出てこないのはなぜじゃ〜！

災害が起きてから、首相の名で、自衛隊を何人派遣した、何人死亡した、などと発表されるニュースに、意味はあるのか？　ま、自民党総裁選、討論の場から逃げる首相には意味があるのかもしれないけれど。

災害対応の費用、ただいくら出すっていうんじゃなく、どっからどうもってきて出すのかという大切な話がちっともなされない。全力をあげ対応、と毎回カメラ目線でいわれてもね。そんな言葉で、心から安心できる人もいるの？

（2018・9・20）

＊抑止力って脅しでしょ

ＩＣＡＮのフィン事務局長らを迎え、与野党10党・会派との討論集会「核兵器禁止条約と日本の役割」（主催＝核兵器廃絶日本ＮＧＯ連絡会）が1月16日、国会内で開かれた。

フィンさんは、安倍首相に会いたがっていたけれど、日程が合わなかったんだとか。

安倍さんは17日に東欧から帰国して、フィンさんは18日に帰った。時間の調整をすれば、会えたよな。フィンさんは去年から面会を申し込んでいたんだし。

フィンさん、ごめんなさいね。この国の首相は、そういうお人。

会いたくなかったから会わない、問題からは逃げる。そしてまた、そういう自分を卑怯《ひきょう》だと思わない。

まわりはもっと卑怯だから、それを安倍さんに教えてあげない。自分さえ得すればいいという考え方の人たちで固めているので。

とにかく安倍さんが、面会を申し込んでいたフィンさんと会わなかったのは、予定調和。

あの方、自分をヨイショしてくれる芸能人らとは喜々としてご飯を食べにいくのに、その日、官邸を訪れた沖縄の翁長《おなが》知事との面会を拒否ったこともあったんですから。

フィンさんは、この国が核兵器禁止条約に参加するよう、呼びかけにこられたのでしょう？

フィンさんが訴えつづける、

「『核抑止』は神話。核兵器があることによって平和と安定はつくれない」というのは、もっともな話です。きっとあの方、そういった正論に立ち向かうのが面倒だったのですね。

アメリカに逆らわないって、それだけは決めているようですし。

なにしろ、アメリカと北朝鮮がドンパチやったら、母国民に多大な犠牲が生じると知っていても、トランプさんと一緒に拳を振り上げるような男ですから。

そうそう、討論会には、安倍さんの代わりに、自民党の佐藤正久外務副大臣が出席していましたね。

「核廃絶というゴールは共有している」「立場の違う国々の橋渡しをしたい」というものの、「北朝鮮の脅威」をかかげ、「日米同盟のもと、核兵器を有する米国の抑止力を維持しなければならない」「(条約には)署名できない。参加すれば核抑止力の正当性を損なうことにつながる」とペーパーを読みながら、いっていました。

核廃絶というゴールは共有しているというのなら、勇気を出して署名しなくてどうします?立場の違う国々の橋渡しって、だからそれをICANは日本にお願いしているのです。日本は核兵器を保有しているアメリカと仲が良いし、アメリカに核を落とされたんですから。

討論会で、共産党の志位委員長が、「核抑止力論って、脅しでしょ」というようなことをいっていました。

脅しで安全・平和を目論《もくろ》む。国として、そこに正しさはいらないのでしょうか?　抑止力という野蛮な脅ししか、ほんとに打つ手はないのですか？

（2018・2・2）

＊もうそこに触れなきゃ駄目じゃない？

森友学園の問題は、もっとワイドショーで取り上げてもいい。国会では野党の追及が盛り上がり、すごいことになっている。

小池劇場より大物役者がそろっているし、ホテル三日月の舛添《ますぞえ》さんより金額がデカい。構図は韓国の朴《パク》大統領とその親友の疑惑に似ていたりもする。が、お隣の国の問題は連日取り上げたくせに、なぜか自国のこの問題には腰が引けている。

まるで、我々の関心がなくなるのを待っているみたい。わかりやすい構図で、視聴率も稼げそうなのに。

マスコミの末端にいる者として考えたくもないが、なにか大きな力が働いているようにさえ感じる。いいや、ただの忖度《そんたく》なのかもしれない。いずれにせよ、大きな力に逆らったらヤバいというこの空気感は、安倍政権が作り出した怪物なのだと思う。

森友学園の問題は、ただのおかしな国有地売却問題じゃない。なかなか浮かび上がってこなかった安倍政権のいかがわしさや恐ろしさが、少し顔を現したとあたしは思っている。マジでワイドショーがこの問題を本気で扱ってくれれば、どんな人も肌感覚でそれを理解できると思うんだけど。

安倍政権はマスコミの扱いが上手いから、その本質はあまり見えてこなかった。自分たちに批判的なマスコミに名指しで圧力をかけ、その一方で提灯《ちょうちん》持ちと頻繁に食事つきの会合を行っている。いってみれば、緩やかな恐怖政治をしいている。

そして、安倍政権は言葉の使い方が上手い。「アベノミクス」「積極的平和主義」「一億総活躍社会」。

アベノミクスは意味がなかったが、積極的平和主義はアメリカにいわれるまま自衛隊を海外の戦闘に出すことだし、一億総活躍社会は企業の使い勝手のよい働き手を増やすようなことだ。

集団的自衛権の行使が可能になり、特定秘密保護法が制定され、今度は共謀罪まで通りそう。我々国民の価値や人権が、どんどん引き下げられているといっていい。

でもって、森友学園の話に戻る。安倍夫妻や日本会議に所属する議員が、はじめは素晴らしいと絶賛していたこの学園が経営する幼稚園の教育を知って、彼らが我々国民になにを望んでいるかがわかった人もいるように思う。

3月1日、森友学園の籠池泰典理事長が自民党の鴻池祥肇《こうのいけよしただ》参院議員へ封筒に入ったものを渡そうとし、口利きのお願いをしたことが発覚した。もう一人、名前が出てきたのは大阪維新の会の中川隆弘大阪府議だ。

鴻池さんに籠池さんを会わせたのは、元秘書だった黒川治兵庫県議と言われている。中川さんに籠池さんを紹介したのは、山口県防府《ほうふ》市の松浦正人市長だ。みな日本会議とつながりがある。てか、安倍内閣の人間、ほとんどが日本会議メンバーで、国会議員にもわんさかいる。

この団体が牛耳るこの国でいいのだろうか？　そこの部分を、国民全員で考えるときがきたのじゃないか。

（2017・3・16）

＊一緒にされたくないと思う

カジノ法案。産経新聞以外はどこの新聞も、けっこう辛口だった。びっくりしたのは、12月2日付の読売新聞の社説。「カジノ法案審議　人の不幸を踏み台にするのか」というタイトルの。

読売新聞は産経新聞と一、二を争う安倍さん仲良し新聞だと思っていたけど、そうでもないのか？　カジノ法案については、いちばん辛辣《しんらつ》であったかも。

〈カジノの合法化は、多くの重大な副作用が指摘されている。十分な審議もせずに採決するのは、国会の責任放棄だ〉

だよね。この法案は2013年12月に提出され、翌年の14年11月の衆院解散で廃案になった。それなのに、強行採決を良しとする安倍政権のもと、強引に決めてしまえ、といった感じだ。

強引に決めてしまいたいのは、審議がつづくともたないからだろう。国民にとっての不都合な真実が、ぽろぽろ出てきたりするから。読売新聞の社説にも、「あまりに乱暴である」と書いてあったっけ。

〈自民党は、観光や地域経済の振興といったカジノ解禁の効用を強調している。しかし、海外でも、カジノが一時的なブームに終わったり、周辺の商業が衰退したりするなど、地域振興策としては失敗した例が少なくない〉

儲かる儲かる、といっているが、それは本当か？　海外でカジノを招致し、失敗した例は数々ある。

ま、オリンピックと一緒で、一部の利権に絡んだ人は儲かるのかもしれない。しかし、ほとんどの国民は嫌なことだけ押し付けられるのではないか。治安の悪化であったりとか。

そういった事実は、専門の人たちが数字をあげて書いているので、ぜひそちらを読んでほしい。

あたしが取り上げたいのは、読売新聞にも書かれてあったこちらの事実。

〈そもそもカジノは、賭博客の負け分が収益の柱となる。ギャンブルにはまった人や外国人観光客らの〝散財〟に期待し、他人の不幸や不運を踏み台にするような成長戦略は極めて不健全である〉

あたしもそう思う。だから、安倍政権が嫌いだ。

安倍政権は閣議決定で、「武器輸出三原則」をなくした。武器や軍事技術を海外に輸出できるようにしてしまった。この国が売った武器で、遠い国の会ったこともない人の家や街が壊されたり、人が死んでしまうかもしれないってことだ。

大変な事故を起こした国だというのに、原発を海外に売ろうとしている。事故は絶対に起きないものじゃない、美しい故郷など大切なものをなくす人がたくさんいる、それも知っているはずだ。

安倍政権の掲げる成長戦略は、読売新聞がカジノ法案でいうような、他人の不幸や不運を踏み台にしたものばかり。ろくでもない。

それでも儲かればいいという人もいるんだろう。けど、そうじゃない人間も一緒にされ、「日本人ってさ」といわれたりする。

（2016・12・15）

＊〝五輪立候補反対〟のローマ市長に同意！

豊洲市場のデタラメがつぎつぎと露《あらわ》になっている。それでも、引っ越しを急ぎたい理由のひとつに、「２０２０年の東京オリンピックに間に合わない」というものがある。またこの名が出てきたな。

いちばん大切なのは、食の安全じゃないの？　東京五輪後も、市場は使いつづけていくわけだし。

そうそう、東京五輪のテロ対策のため、共謀罪を名前を変えて、新法案を成立させよう、なんて話も出て来ている。なんで2週間余りの祭りのために、大切な人権を蔑《ないがし》ろにされなきゃならないの？

もう、わけわかんない！　と思っていたら、9月22日付の毎日新聞に「24年夏季五輪　ローマ市長、立候補反対を表明」という記事が載っていた。

今年6月に初の女性ローマ市長となったビルジニア・ラッジ氏は、21日、２０２４年夏季五輪の開催候補地争いへのローマの立候補に反対する方針を表明したらしい。レンツィ伊首相はローマ五輪をイタリア経済再生の起爆剤にしたい考えだったけど、市長が反対したことでローマ開催は断念となりそうだ。

その理由としてラッジ市長はこういった。

「五輪やスポーツに反対なわけではないが、スポーツをローマに（五輪施設建設の）セメントを流し込む口実にしたくない」

だよねぇ。あたしもそう思う。

この国だって、同じだよ。東日本大震災で仮設住宅住まいを余儀なくされている人はまだいる。事故を起こした福島第一原発はそのままだ。セメントを使ってどうにかしなきゃいけないのは、まずそっちだろう。

もちろん、イタリアでもラッジ市長の表明に反対している人たちもいる。ローマの五輪招致委員会の試算によれば、ローマ五輪で、約17億ドル（約1700億円）の経済効果と、約20万人の雇用創出の効果が見込まれているかららしい。

だけど、ラッジ市長は会見で、こうもいっている。

「（ローマ五輪開催で）市民や国民の借金を増やすことになる」

どっちのいうことが正しいと思う？

はっきりしていることは、ギリシャは五輪開催の後、国がつぶれそうなくらい経済がメタメタになった。ロンドンやリオも格差社会が広がっただけで、儲かったなんて話は聞こえてこない。

そりゃあ、一部の利権に絡んだ人たちは儲かるのかもしれない。〝賄賂《わいろ》〟とも疑われるコンサルタント料にポンと2億の金が飛び交うような世界なのだし。

でも、その他大勢の我々の懐が潤うことなんてあるんだろうか。

ラッジ市長がいうように、国民は借金という負の遺産を押し付けられるだけなんじゃなかろうか。
これから人口も減っていくし、維持費のかかる新しいスポーツ施設を借金してまで欲しい国民はいるの？　スポーツ観賞は好きだし、アスリートを応援しているけど、それとこれは別です。

（2016・10・7）

＊黒いですね

そもそもなんで市場を豊洲に移すことに決めたんだっけ？　なんであそこにしなきゃならなかったの？

豊洲市場は東京ガスの工場跡で、土地の売り主の東京ガスだって、土地に汚染が残っているってはじめからいっていた。

実際に専門家が調べたら、環境基準の4万3千倍ものベンゼンや860倍ものシアン化合物が測定されたし。

だけど、頑《かたく》なに豊洲でGO！「汚染対策すれば大丈夫」とかなんとかいって。ほんで、土地代とは別に、汚染対策費用を850億円もかけたんだ。

が、その対策もずさんなものであったのがバレた。

主要となっている建物の下には、土壌汚染対策の盛り土が行われていなかった。青果棟の地下の一部ではコンクリートもなく、砕石層がむき出しになっていた。

結局、莫大な血税をかけて、何をしたかったのか？

まずはじめ、開場してから80年になる築地市場の老朽化が、危ないって話だった。

建物の老朽化が問題だったら、補強作業をすればいい。移転より、建物補強のほうが金もかからない。

だが、それだけが問題じゃないって話になった。今の築地は、衛生面で食の安全性を確保できない、って。

じゃ、なぜ移転先に汚染されている土地を選ぶ？

あの土地が便利だったって話だけど、食べ物を扱う市場なのに、汚染されている土地ってどうよ？　いちばん大切なその部分を蔑《ないがし》ろにするって変じゃね？　みなさん、理解できます？

あたしにはさっぱりわからない。

そうそう、「週刊文春」9月1日号に、「豊洲新市場に移転した後の築地市場を通る道路・環状2号線の関連工事を、〝都議会のドン〟内田茂都議（77）の献金企業が複数受注していることがわかった」との記事があった。

ひょっとして、そういうことが理由だったり？　一部の人が、もう金をもらっちゃったから、豊洲と決めたら、なにがなんでもそうしないと不味《まず》い案件になったのか？　大多数の食の安全を置き去りにしても。

大多数を犠牲にしても金が欲しい、ってどす黒い人だな。ま、そういう人はいっぱいいるけど。

福島第一原発があんな悲惨な事故を起こし、がんで苦しんでいる子どもたちのことや、未だ故郷に帰れない人たちのことを知っていても、原発推進。この国は地震の活動期に入ったと学者がいっても、気にしない、気にしない。

悲惨な戦争の歴史を知っていても、人を殺すための武器輸出ＯＫ。集団的自衛権の行使容認。自分が血を流すわけじゃないから、べつにいいじゃん、儲かれば。

大多数を犠牲にしてホクホクしているやつには、卵くらいぶつけてやりたい！

が、「共謀罪」新法案が通れば、そんなたわいもない発言も怖くてできん。「卵」は爆弾の隠語だったなどといわれかねない。いや、マジで。

どす黒い人は安泰で、黒さに磨きをかけるでしょう。

（２０１６・９・29）

＊不安でならない

ここ数年、ずっとメディア批判を書いてきた。大事なニュースを深掘りせず、どうしても取り上げなきゃならないときは、個人の弱い人間に意見を言わせる。それじゃ、国民が知るべき問題は伝わらない。

そんな暗い状況の中で、自分にできることもあると思い頑張ってきたが、もう無理なのかもしれない。

ほんとうに真面目に怖いからである。

２０１６年８月27日付東京新聞の１面に、「共謀罪を『テロ準備罪』　名称変え 秋の国会提出検討　東京五輪対策を強調」という見出しの記事が載っていた。

名前を変えたところで、共謀罪は共謀罪だ。福島第一原発事故で出た汚泥を、スラッジと言い換えても、それが汚染された泥だったように。

共謀罪はこれまで３度も廃案になった。共謀罪が通れば、盗聴なども合法になる可能性があるし、お互いに監視し合うような、今以上に窮屈な世の中になるだろう。

もちろん、政府は犯罪性がある事柄だけを摘発してゆくというだろうが、その可能性があるとして、政府に楯突く組織や、自分たちに従わない個人の摘発をはじめるかもしれない。

東京新聞の解説に書かれてあった。

〈共謀罪の本質はテロ対策に名を借りて「心の中で思ったこと」を処罰することにつながる恐

れがあるということだ〉

あたしもその通りだと思う。たとえば戦争中、「戦争反対！」とみんな心で思っていても、みんな口に出せなかった。この法案が通れば、同調圧力の効いた、そういう世の中に戻るかもしれないってことだ。

だから、こんな恐ろしい法案を許してはいけないんだろうけど、東京新聞の解説に、政府高官の言葉として、

「共謀罪と聞くと身構えるが、テロ犯罪防止と聞くと『なるほど』と思う」

という指摘も書かれてあって、あたしは深いため息をついた。

だよね、そうなるよね。きっと、「円滑に東京オリンピックを行うために」などといわれれば、「じゃ、必要だ」と考える人が出てくる。

「この法案の負の側面も考えないと」などといったものならば、「非国民！」などと責められたりするんだろう。この国は、東京オリンピックだけが希望みたいになっているからさ。

東京オリンピックの後もこの国はつづいていくわけで、それはおかしい話だ。だけど、大手メディアもそれに乗っかっている。

またまた個人に意見をいわせようとするのかもしれないが、共謀罪を通そうという世の中で、誰が声をあげるのさ？

これまで味方してくれてた人が、そうしてくれなくなるかもしれないし、えげつない誹謗《ひぼう》中傷に対し、カウンターをかけて守ってくれていた人たちも、身構えるだろうし。

この先、取り返しがつかない事態になっていきそう。不安でならない。

（2016・9・8）

＊お国のためって何?

少し前のことになるが、7月8日付の朝日新聞の文化面に、「グローバル化『国家復活』導く」という記事が載っていた。グローバル化が言われる今の世で、フランスの人類学者で歴史家のエマニュエル・トッド氏は、「今、復活しているのは国家だ」と指摘している。

「先進国はすでに消費社会の段階を終え、低成長時代に突入している。各国が直面する国内外の経済対立をどう克服するかが課題だ。グローバル化の進展は、一つの世界像への収斂ではなく、国内や国家間の対立が際立つ世界を意味する」

と彼はいっていた。

グローバル化とは国境が溶けていくようなものだと思っていたが、どうやら違っているのかもしれない。

あたしはこの記事を読んで、ほかの記事を思い出していた。

それは一昨年読んだ、安田浩一さんが『SAPIO』（2012年8月29日号）に書かれた、「ネトウヨとは何か？　これは若者たちがのめり込む『愛国という名の階級闘争』だ」という記事だった。

安田さんはネット右翼と呼ばれる若者にインタビューしている。若者は抱えきれない日常の問題に憤りを持っていた。

「憤りの根底にあるのは異文化流入に対する嫌悪と、外国籍住民が日本人の『生活や雇用』を脅かし、社会保障が〝ただ乗り〟されているといった強烈な被害者意識でもある。（中略）雇用不安も経済的苦境も福祉の後退も（中略）『在日が日本を支配している』といった荒唐無稽な主張さえ、『奪われた者』たちにはもっともらしく耳に響く」

と安田さんは記事の中でいっていた。

そういった若者たちに、あなたたちを被害者にしてしまうのはいったい誰なのかを本気で考えてもらいたい。階級社会の中の底辺に押し込めようとしているのは、いったい誰なのかを。

グローバル化は国家同士の争いじゃない。ほんのわずかの富める人間の覇権活動だ。

権力者は「お国のため」という言葉を使う。力のないものにとって「お国のため」という壮大なプロジェクトに乗ることは、ちっぽけな自分を忘れていられる気持ちいいことかもしれない。

しかし、それは国のためじゃないとしたらどうだ？

国が国際的な競争社会の中で勝ち進むためといったら、それは多国籍軍である大企業が安価な労働力を求めているためだと思っていいかも。この国の平和を維持するための集団的自衛権行使とは、あなたたちの命を差し出しても一部の人間が海外でいい顔をしたり（それはこの国で安定的な力となり得る）、外交で楽をしたいからなのかも。

時間のある方はぜひ、「イラク戦争から帰った米兵による『衝撃の告白』」という動画（https://grapee.jp/6711）を観て欲しい。「お国のためなんだ」と思って戦場に行った兵士が、そうじゃなかったと気づき、ほんとうの敵について語っている。我々の命について考えさせられる。

（2014・8・4）

＊儲かることが国富じゃない

5月28日付の東京新聞の朝刊に、「大飯《おおい》原発　高裁判決前再稼働も　関電社長『条件整えば』」という記事が載っていた。

関西電力大飯原発3、4号機の運転差し止めを求めた住民の訴えが5月21日、福井地裁で認められた。が、関電はすぐ控訴した。

関電の八木社長は、「基本的にはそういう（再稼働するという）考え。控訴したので判決は確定していない」といっているらしい。

なんでも判決が確定する前に強制執行が可能な仮執行宣言がついてないから、原発の再稼働は可能ちゃ、可能らしい。

ま、関電側は判決言い渡しの法廷に弁護士を含め全員欠席したというから、はじめから法の裁きなんて関係ないね、と思っていたのか。

原子力規制委員会に安全宣言されればＯＫって？　委員に元日本原子力学会会長を入れちゃったりしてるのに？

八木社長は、樋口裁判長の判決文を読んでいるわな。読んでどう思ったんだろ。なにも感じないか。

樋口裁判長の判決文、

「人格権は憲法上の権利であり（13条、25条）、また人の生命を基礎とするものであるがゆえに、我が国の法制下においてはこれを超える価値を他に見出すことはできない」

とはじめに人格権を出し、つまり人格権は経済活動より上位にあると、堂々と論じたのだ。もちろん、予測できない大規模地震の説明等もきちんとなされていた。

あたしはとても感動した。が、やっぱりそう感じないという人もたくさんいるわけで、樋口裁判長の判決は賞賛と批判とどちらも浴びている。

ある新聞は、国民の声として賞賛と批判を載せ、どちらかというと批判寄りという書き方をしていた。賞賛の声もあるのに、見出しは「大飯原発判決　『差し止めは亡国の素人判断だ』」。なんて卑怯《ひきょう》な、と思ったのはあたしだけ？　国民の声じゃなく、堂々とうちは原発推進派なんでといえばいいじゃん。中立ぶるところがイヤらしい。

ある週刊誌は、裁判に来ていた菅直人元首相が「勝った、勝った」と大ハシャギしていた様子から滑稽に書いた。

脱原発派はこういう人たちであるという印象操作か。菅さん本人が、そういう残念なことに使われてしまいがちな人であると、自覚してくれ。この先も長いんだから。

そう、この先もきっと長い。樋口裁判長が判決の中に持ち出した「国富」という言葉。彼は、「豊かな国土とそこに国民が根を下ろして生活していることが国富」といい切ってあたしはそこに感動したが、そうは思わない人がいるのも事実。誰かを犠牲にしても、なんなら戦争したって、儲かることこそ国富だと思ってる人も多い。そう思いこんでる人のほとんどが犠牲になるだけで儲からないのに。なぜ、わからないかな。

（2014・6・11）

＊人材不足は、ニュースが作ろうとしているブーム？

5月5日付の毎日新聞に、

「景気回復で人材奪い合い『時給1375円』も求人難」

という記事が出ていた。

「人手不足が外食、小売り、運輸など幅広い業種に広がっている。働き手の減少という構造的な要因に加え、景気の回復基調でパート・アルバイトの奪い合いが起きているためだ。時給上昇だけでなく、賞与を支給したり、正社員化したりする動きも出てきた」

時給を上げたのは牛丼の「すき家」の一部店舗。でもそこだけじゃなく、じわじわとそういう流れが来ているようなことが書かれていたぞ。人材派遣会社の方のコメント付きで。

これってほんとう？　世の中のほんの一部の話じゃなくて？　まずニュースありきで、世の中にそういうブームを作ろうとしているような……。

だって、あたしはその10日前くらいに、NHKで「調査報告　女性たちの貧困～〝新たな連鎖〟の衝撃～」という番組を観たばかりだ。バイトを掛け持ちして朝から晩まで働いても、食べていくのがやっとの若い女性、母親と妹とネットカフェ暮らしをしている女性、番組は貧困に喘《あえ》いでいる女性のルポルタージュで構成されていた。

もうこの国では6人に1人の子どもが貧困だ、なんて数字も出て来ているじゃん。10日で世の中に真逆の変化があったって？　なんか首を傾げてしまう。

そういえば、ゴールデンウィーク中は、新聞・テレビでさかんに、「増税1カ月、消費落ち込み想定内」というニュースが流れていたっけ。

たとえば、5月2日付の日本経済新聞にはこんな記事が。

「4月1日の消費増税による個人消費の落ち込みが、企業が想定した範囲内にとどまるとの見方が増えている。増税直後に約2割落ち込んだ百貨店の売上高は約1割減まで復調。スーパーなど、毎日の生活に根ざした商品を扱う店舗では前年を上回り始めた企業もある。日本経済新聞社が実施した調査では、主要小売業の8割超が、6月ごろには売上高が回復するとみている」

つまり、3％消費税を上げたけど、景気に冷え込みはないよ、といいたい。

こういうアナウンスをしたところで、救われる人は出て来るのか。アゲアゲな記事を読んだところで、自分の財布の中身が膨らむわけもない。

介護問題も、貧困問題も、自分でなんとかしろ、という世の中になりつつある。最近、ニュースであんまり取り上げられなくなったけど、この国の貧困者数はどうなったんですか？　我々を油断させてどうしようというのじゃ。

ま、政府は2015年に消費税をさらに2％、10％に上げたいわけだから、今回の3％引き上げで不味《まず》いことはあんまりいいたくないわな。

それにしても、ニュースってじっくり読めば、確実に誰の味方で書かれているかわかるよね。誰の味方かで中身も変わるよね。


（2014・5・22）

＊母親はスーパーマンではない

春休みで地方の寮のある学校に通っている息子が帰って来た。なにかごちそうを作ってやろうと思い、嫌がる息子を連れてスーパーへいった。たくさん買い過ぎて、荷物は五つになった。あたしのぶんも荷物を持ち、さっさと歩き出す息子の後ろ姿を見て、涙ぐんだ。いつの間にかあたしより大きくなっちゃって。

息子が生まれたばかりで離婚してしまったあたし。貧乏な親もいるので、仕事を辞めるという選択肢はなかった。結婚したままであっても、相手は莫大な借金を抱えていたので、仕事は辞められなかった。

息子は1歳になる前から保育園に預けた。それが当たり前になっていたから、あいつは仕事にいくあたしの後を追ったことはない。膵臓《すいぞう》に腫瘍ができ、その摘出手術を受けたときは、仕事と育児が両立できず、泣く泣く田舎にいる親に息子を8カ月間預けた。

身を切られる思いとは、そういう時のことをいうのかもしれない。先週、某新聞社から、「子どもを預け働く親を、室井さんがルポする形で記事にしたい」という仕事がきた。たぶん、埼玉県富士見市で起きたベビーシッターによる男児遺棄事件があったからだろう。担当の記者は女性で、「母親の辛い立場を、少しでも記事にできたらいいと思う」

そういっていた。もちろん、あたしはOKした。今日から3日間、その記者と共に、子どもを預ける現場、子どもを預けて働くお母さんなどを取材してまわる。少しでも親の辛い立場を、世の中に広められたらいいと思う。

以前、「(母親になったら) 産休を当然の権利だという甘えを捨てて会社を辞め、貧乏暮らしをしてでも、子どもと一緒にいなさい」などと乱暴なことをいう女性作家がいた。こういうことをいい出す人が出てくると、あたしたち子どもを預けて働かなきゃいけない母親は、精神的に追いつめられる。子がいても働かなきゃならない女がいることぐらい、想像力を働かせればわかるだろうに。

あたしはまだまだ世間は女に厳しいと思う。3月26日付の東京新聞によれば、特別養護老人ホームへの入所を希望しているのに入所できていない「待機者」と呼ばれるお年寄りが全国で約52万2千人いるという。

少しずつ改善されてきているとはいっても、認可保育所へ入れない待機児童はたくさんいる。そして、政府は配偶者控除を縮小・廃止したいらしい。少子化だから子どもを産めといったり、この先、社会保障制度を維持できないから女も働けといったり。介護と育児、その上、稼ぎまで当てにされるって？　女はスーパーマンではない。

そうそう前出の女性作家だが、彼女は政府の審議会の委員などをしている。安倍政権の教育再生実行会議の委員もしていた。こういう人が女の立場を語ってもらっては困る。

(2014・4・14)

第三章

民主主義って何だっけ？

＊騙されてないか

政府与党側「5年連続で今世紀に入って最高水準の賃上げがつづいている」野党側「実質賃金は最悪水準。実質ベースアップはマイナスではないか」で、結局どっちだったの？　我々は豊かになったのか、貧しくなったのか。マスコミが味方し、政府側の意見を広めても、現実は誤魔化せないところにまで来ているんじゃないか？

レギュラーで出ているラジオで、『家賃滞納という貧困』（ポプラ社）という著書を出された太田垣章子《おおたがきあやこ》さんという司法書士の方とお会いした。

家賃を滞納すると大変だという話は、なぜそうなってしまうのかという話になった。太田垣さんいわく、この国のシングルマザー世帯の子どもの2人に1人が貧困。朝と夜、ダブルワークで働いても満足な賃金をもらえていない人がいる、とのことだった。

仕事を終え、家に帰ってきてからも、あたしはそのことを考えつづけた。シングルマザーでダブルワークを強いられている人たちは、非正規労働者だ。ひょっとして無貯金の人も多いかもしれない。だとすれば、病気になって数日仕事を休むだけで、生活がままならなくなってしまう。

今年はゴールデンウィークが10連休になる。政府がそうすると決めた。休日が多くなれば、国民が喜ぶと思ったんだろうか。

非正規で働いている人はどうなる？　ダブルワークでぎりぎり家賃を払っている人は？　非正規はサービス業に多いから、ゴールデンウィーク、職場は稼働している？　むしろ混む？　それも酷《ひど》いことなんだよね。10連休を作ったのは、国民のためじゃないの？　つまり、連休中に非正規で働く人を国民と見なしていないことになる。

　政府がやるべきは、10連休を作ることじゃない。超少子高齢化のこの国のシングルマザーが、ダブルワークでも食べていくのが大変だという現実の改善だろう。というか、朝と夜、10〜12時間も働いて、ぎりぎりの生活しかできない非正規労働者の待遇をどうにかすべき。

　安倍首相はよく「安倍政権において就業者が３８０万人増えた」と自慢する。しかし、その内訳は、安倍政権の６年間で、15〜24歳で90万人増、そして65歳以上の高齢者が２６６万人増。

　就業者増加の７割が高齢者だ。彼らは引退し、孫と遊ぶ生活を選べたのに、働くことを選んだわけじゃない。年金だけじゃ食べていけないからだ。15歳から24歳の就業者が増えたのは、親が学費を払えず、上の学校に上がるとき奨学金を借りるから。今、大学生の２・７人に１人が奨学金を借りている。学校に通いながらアルバイトしなくちゃならない。

　前出の政府側の意見と、野党側の意見、どちらが正しいか？　いわずもがな。でも、いわないと、よりはっきりしちゃうから、マスコミは政府側の言い分をがんばって広げているの？

（２０１９・４・４）

＊なんのためのニュース？

新聞を読むとき、政府発表と書いてあったら注意しよう。政府が嘘をついているかもしれないし。

テレビの報道も注意しよう。新聞の報道を鵜呑《うの》みにし、そのまま流しているだけかもしれない。

1月29日、テレビをつけていたらこんなニュースが流れていた（あえてどこのテレビ局かいわないわ）。

「景気回復『いざなみ景気』超え　戦後最長か」

だって。

「政府は景気回復が戦後最長となった可能性が高いと発表した」

小泉政権時代の「いざなみ景気」を超えた。それに今回は、企業収益が過去最高となり、雇用や所得環境も大幅に改善している……とかなんとか。

そりゃあ企業は儲かったかもしれないけれど、内部留保を貯めまくるだけ。

このニュースは誰のために流しているんだろう。景気って、誰のために使われる言葉なんだろう。

年々、社会保障費は上がっていくし、賃金の伸び率は悪い。

失業率が低くなったのは、少子高齢化だからじゃん。お年寄りや、子育て中の女性も働かなきゃ食べていけないからじゃないの？　最低限の生活もままならない非正規労働者ばっか増えているしさ。

だいたい、個人消費は頭打ちになっているんだよ。景気が良かったら、個人消費はもっと伸びるだろうに。

つーか、ほんとうに景気がゆるやかでも回復しているのなら、企業がこんなにガメック金を貯め込むわきゃないわい。

近い将来、ドボンと落ちることを予想しているから、金を貯め込んでいるんじゃないの？深読みすれば、まったく明るいとは思えないこのニュース。なんのためのニュースなのか？

そういえば、北方領土の「2島返還プラスα」ってどうなった？

いっとき、テレビが盛んにそういってたじゃん。2島ならすぐにも返ってきそうな勢いで。

1月22日の日ロ首脳会談以降、ほとんど報道しなくなったけど。

「中国包囲網」はどうなった？　安倍首相が何十カ国も外国を訪問し、そういってお金をばらまいていたやつ。

そうそう、北朝鮮の拉致問題は？　あるメディアが「日本は米国と北朝鮮の重要な橋渡し役」になるとかいってたんだよ。トランプさんに倣《なら》って、勇ましく拳を振り上げた安倍首相だったが、トランプさんはその後、あっさり対話を選んだ。橋渡し役だったこの国は、アメリカから大量に武器を買わされただけ。

メディアでは「外交のアベ」と盛んに宣伝してたけど、結局、その報道って、昭恵夫人と飛行機のタラップを上がっていく姿とか、各国の偉い人たちと並んでいる姿とか、そんなん。中身がないから、その後の展開を報道できないのかもしれないが、大事なのはその後の展開。中身がなかったら、なかったと報道しなきゃダメじゃん。だから、報道が政府のＰＲみたいになる。

（２０１９・２・14）

＊国会に出てきてください

２０１８年３月16日の深夜、産経ニュースに「安倍昭恵首相夫人経営の飲食店に『脅迫状』」というのが出ていた。なんでも、

〈安倍晋三首相の妻、昭恵氏が経営する都内の飲食店に昭恵氏を脅迫しているとみられるはがきが届いていたことが16日、警視庁神田署への取材で分かった。15日午後３時ごろ、飲食店の店長が店のポストに投函されたはがきを発見。署に相談した。詳しい文面は不明だが、「殺す」などといった直接的な脅迫の文言はないという〉

よくわかりまへんな。

「直接的な脅迫の文言はない」といいつつ、「安倍昭恵首相夫人経営の飲食店に『脅迫状』」という見出し。

ってことは、ちょっと過激な口調のお願いだったり？　「国会に出てきてほんとのことを話さないと、もう大変なことになりますよ」、程度の。

産経新聞クオリティーでは、直接的な脅迫の文言がなくても、脅迫になるんか？　まさか、昭恵夫人に国会でほんとのことしゃべれっていっただけで、脅しになるとか？

……というようなことを考えていたら、日付が変わってすぐ毎日新聞に、「安倍昭恵さん脅迫の手紙、経営する飲食店に」と一報が載った。

〈捜査関係者によると、手紙は昭恵さんが国会の証人喚問に出なければ、危害を及ぼすという内容という〉

ふうん、じゃやっぱり、手紙の内容は脅しだったんか。産経新聞、疑ってごめんよ。

でも、昭恵夫人に変な手紙が送られて、そのニュースのキモは、やっぱ毎日新聞に書かれている「国会の証人喚問に出なければ、危害を及ぼす」ってところなんだと思う。

産経は、そこをわけて書いていた。直接的な脅迫の文言はない、と書いた後、一行あけてべつの話みたいに、

〈昭恵氏をめぐっては、学校法人「森友学園」に対する国有地売却に関連して、野党が国会への証人喚問を要求している〉と載せた。

もちろん、脅迫や脅しなんて絶対にあってはならない。

けど、産経新聞の書き方も意味がわからない。

やっぱり、アレかね。国会招致を拒否っていることに怒った人が……のようには書けないのかね。その部分が、呼び水みたいになって、怒る人が増えると不味《まず》いから。

そういうのも、軽い忖度《そんたく》っていうんじゃないかとあたしは思う。

文書改ざん問題のお手柄スクープをはじめにあげた朝日新聞は、当初「書き換え」という言葉を見出しに使ったんだ。それもそうなのかも。相手、相当に怖いしな。

そういや、15日の国会で、自民党の議員から「佐川事件」って言葉がでてきた。

「『佐川事件』の真相解明ということがまず第一でありますから」だって。

これで騙される人っている？　さすがに、国民を舐《な》めすぎよ。


（2018・3・28）

＊同化すっか

各種報道によると、安倍首相は2月17日、フィギュアスケートの羽生結弦《はにゅうゆづる》選手に電話をして、「困難を乗り越え、多くの人に勇気を与えた」と祝福したらしい。

羽生選手は、「今まで頑張ってきたことが報われた」と応じたそうだ。

これさ、バッチリカメラがまわっているところで行われているんだよね。

首相官邸のSNSにも、羽生選手と安倍首相の2014年のツーショット写真を載せている。羽生選手が安倍首相に金メダルを渡すシーン。

たしかに、怪我を乗り越え五輪連覇した羽生選手は素晴らしい。

でも、なんで、そこに安倍首相がしゃしゃり出てくるんだろう。

五輪憲章によると、オリンピックは、個人種目または団体種目での選手間の競争であり、国家間の競争ではないとされている。オリンピックでの栄誉は、あくまでも選手たちのものだ。そこに国家を絡めちゃダメなのよ。

この国のトップである安倍首相がしゃしゃり出てきて大喜びするところを大々的に報道するって、五輪憲章から外れておる。

羽生選手は素晴らしい。だけど、羽生選手が日本人だからといって、日本のトップである安倍首相も素晴らしいとはならない。

そこを混同した報道の仕方。この国は後進国みたいだよ。そんなことやりそうなのは、北朝鮮くらいのもんだもの。ひょっとしてこれを2020年の東京オリンピックまでつづけるの？

国会での答弁の酷《ひど》さなどをガン無視して。

とうとう安倍首相は14日の国会で、「（専守防衛は）純粋に防衛戦略として考えれば、大変厳しい」と述べた。

「（専守防衛は）相手からの第一撃を事実上甘受し、国土が戦場になりかねないものだ」そして、ミサイル技術の進展で命中精度が高まっているとし、「攻撃を受ければ回避するのは難しく、先に攻撃したほうが圧倒的に有利になっているのが現実だ」といった。

この安倍首相発言って大変なもんじゃん。これまでの日本を否定し、やられる前にやるってことを肯定しているんだもん。

日本の在り方が変わるって話だよ。ニュースにならないけどね。平昌《ピョンチャン》オリンピック一色で。

それでもって、政権支持率はここに来てじわじわと上がっているものもあるんでしょう？

権力の私物化が露《あらわ》になって、日本の在り方が書かれている憲法を蔑《ないがし》ろにして、格差を広げて国民の生活をぶっ壊している政権なのに。

国民みんながそれでいいなら、いいのかね？　たぶんそうなる。

世の中が盛り上がっている最中、辛気くさいことというと嫌われるしな。

あたしもちゃんと世の中に同化しなくちゃ。村八分にされそう。

（2018・3・1）

＊信じたい

このコラムがみなさんの目に触れる頃には、都議選の結果が出ている。あたしの周辺では、都議選なんて候補者の名前も知らないし興味ない、などといっていた人たちまで「今回は絶対いかなきゃ」といっている。

みんなが口にするのは、このまま安倍一強のままでいたら、この国はどうなってしまうのか？　という不安だ。

投票できるのは都民だけだが、きっと全国の多くの人たちも固唾《かたず》を呑《の》んで見守っている。今回の結果が、なにかが大きく変わるきっかけになると、あたしは信じたい。

この国から倫理観が失われつつある。なにしろ、倫理観ゼロの安倍さんが総理だしな。

２０１７年６月23日、前川喜平・前文部科学事務次官が、日本記者クラブで会見をおこなった。

彼は加計学園の獣医学部新設問題をふり返り、あらためて行政が歪《ゆが》められたと訴えた。そして、国家権力とメディアの関係にも踏み込んだ。

読売新聞が、前川さんの出会い系バー出入りを報じたのは、どう考えてもおかしいし、あってはならないことだった。前川さんはすでに私人で、なんら犯罪性はなかった。

前川さんは、国家権力による行政の歪みを告発した人である。

その彼を、いかがわしい信用出来ない人間だと、新聞を使って印象操作したのだ。怖いことだ。

前川さんも、「読売、官邸のアプローチが連動していると感じた」といっていた。

そして、「これが私以外にも起きているとするならば、大変なこと。監視社会化、警察国家化が進行していく危険性があるのではないか」

「権力が私物化されて、第4の権力といわれるメディアまで私物化されたら、日本の民主主義は死んでしまう。その入り口に我々は立っているのではという危機意識を持ちました」

と語っていた。

おなじく23日、全国の民放各局で、「弾道ミサイル落下時の行動」という政府のCMがはじまった。なぜ、今、このCMを流す必要があるのだろうか？

内容はミサイルが飛んで来たら「屋内に避難」「物陰に隠れる」というトンデモだ。そんなに緊急にミサイルの心配をしなくてはならないのなら、まず全国にある原発をどうにかしなくていいのか？

が、そういうことじゃない、きっと。このCMには4億円もの金をかけている。

森友・加計学園で、安倍政権の権力の私物化が露《あらわ》になった。慌てた安倍さんは国会を卑怯《ひきょう》な形で閉じる。

そして、国会ではなく一方的に語れる会見で、「指摘があればその都度、真摯《しんし》に説明責任を果たす」と大嘘をこく。野党が臨時国会開会を要求するために求めた面会まで、拒否し逃げているのが事実である。

そんな中、メディアに4億円という金が配られる。それはいったい、どういうことを意味するのか?

（2017・7・6）

＊目撃者のその後

〈日本の民主主義が殺された。殺人犯は自民、公明、維新だ。委員会の委員長が野党で、審議引き延ばしを画した場合のみ許される禁じ手・中間報告を与党公明の委員長の下で行うとは。憲法無視そのものだ。公明は死んだ。悲観するな。都議選でゾンビ公明を壊滅させる純な心が残っていれば蘇えれるよ〉

これは元衆院議員で、公明党の副委員長などを歴任した二見伸明《ふたみのぶあき》さんが6月15日にTwitterに上げた言葉である。

二見さんは公明党の議員であったから、現在の公明党に対して厳しい。わかるよ。テレビで最近の読売新聞批判をしたら（たぶん、そこはカットされるだろうけど）、その場にいた人々にたしなめられた。が、誰にどうたしなめられても、構わなかった。マスコミ業界の末端にいる人間として、そこは絶対に譲れないところであったから。

あたしが学生だった頃、文系の頭脳優秀な者が大手の新聞記者を目指した。優秀でもなんでもなかったあたしにとって、彼らは憧れの人たちだった。

だった、と書くのは、今は違うからだ。権力の監視役である正義のマスコミが、正義を忘れ、権力の下請け機関になっていることが、どうしても許せない。

ま、あたしの話はどうでもいい。二見さんはTwitterで、つづける。

〈公明は完全にいかれている。与党委員長の下での中間報告・本会議採決というやり方は徹底的に議論する議会政治の原理を否定するもので、典型的なファッショそのもの。平和と福祉の公明は薄汚れた乞食のような右翼に変身してしまった〉

二見さんの言葉は、とてもわかりやすい。

現政権の下駄の雪の話は置いといて、15日、中間報告からの本会議採決というやり方で、この国の民主主義は殺されたのだと思う。あたしたちは、民主主義が殺されるところを目撃した。担当大臣でさえ、答弁ではいうことがコロコロ変わる「共謀罪」。衆議院のときは、まだ30時間も話し合ったという建前があった。

そりゃあ、何時間審議しようが関係ない。担当大臣でさえ明確にどういうものか答えられないクソ法案なのだ。でも、法を作った側が、その法について説明しなくてはという最低限の道徳心はあったはず。

けれど、それすら無くなってしまったようだ。なぜ、「共謀罪」の制定にこんなに焦る？

議論すればするほど、この法律は、テロなど関係なく、権力に刃向かう者を取り締まるものだと国民にバレるからか？　それとも、ボロボロと新たな事実が浮かび上がってくる加計学園問題で、このまま総理の関与を否定しつづけることは困難だと考えたからか？

どちらにしても、国民不在の考え方だ。二見さんがいうように、典型的なファッショ政治だ。とにかく、この横暴な政権に慣らされちゃいけない。次の選挙まで、今回起きたことを忘れちゃいけない。

（2017・6・30）

＊なにもかも信じられない

共謀罪法案の衆議院本会議での採決で、元自民・現無所属の中村喜四郎議員が反対票を投じた。

どう考えても、この人がまともだよな。ほかの議員だって、共謀罪がテロなんかじゃなく、権力に刃向かう邪魔な一般人を取り締まるためのものだってわかっているはずなのに。

安倍首相が、「この法（共謀罪）がないと、東京オリンピックは開催できない」などといいだした。オリンピックを人質にとって、あたしたちに人権を差し出せといったのだ。

オリンピックは平和の祭典ともいわれている。が、安倍首相はそれを真逆の意味で利用しようとしている。

かつて、おなじことをし、世界中から憎まれている男がいる。ヒトラーだ。そんなことだって誰もが知っているはずじゃないか。

けれど、オリンピックが絡むと、メディアは及び腰になる。金が絡んでくるからだ。それを知ってて目一杯利用しているのが、安倍政権だ。

はっきりいう。あたしの目には、今の政権は狂っているように見える。それに追従するものも、狂っているように思える。ほかに表現のしようがない。

加計学園の獣医学部新設について、文部科学省の「総理のご意向」と書かれた文書が出て来た。

官邸側ははじめは怪文書扱いしていたものの、前文科事務次官の前川喜平氏が出て来て「真正なもの」と証言した。

すると、官邸側は前川氏の人格攻撃をするようになる。天下り問題で引責辞任したから、うらみを持っているなどといいだした。

そして、読売新聞が前川氏の出会い系バー通いを報じた。

すでに公人でもない男の、それが法に触れることでもないことが、新聞の社会面の大きな記事となった。狂っているとしか、いいようがないだろう。

もうなにもかもが信じられない。

国連のプライバシー権に関する特別報告者ジョセフ・ケナタッチ氏が共謀罪について、「プライバシーや表現の自由を制約するおそれがある」と指摘した書簡を安倍首相へ送った。官邸は「特別報告者は国連の立場を反映するものではない。内容は不適切」と抗議した。ケナタッチさんいわく、「抗議は怒りの言葉が並べられているだけで、全く中身がない」とのこと。

しかし、G7に出席した安倍首相は、イタリアで国連のグテーレス事務総長と会談したと一報があった。グテーレス事務総長から、「(ケナタッチさんの意見は) 必ずしも国連の総意を反映するものではない」という言質を取ったという報道だ。でもこれって、この国の外務省によると、という報道なんだよ。

G7で安倍首相が「事実上の議長」、なんて書いた新聞もあったしな。

まさか、国際的な問題であっても、安倍さんに忖度《そんたく》したものになってやしないよね?

そこまで考えると、とても辛くなってくる。

(2017・6・9)

＊事実を歪める報道って

前回のこのコラムで、自国の問題だけじゃなく、国際社会が絡んでいても、安倍政権への忖度《そんたく》でこの国の報道が歪《ゆが》められたりしてるんじゃないか、という話を書いた。

そこまではやってないだろうと願いつつ。が、やっぱやっておった！

もう嫌だよ。この国の人間として、恥ずかしく思う。時代から遅れた、非文明的な国みたいじゃないの。

5月30日付の東京新聞朝刊の「政府と国連　公表内容に差」という記事ね。

〈国連は二十八日、イタリア・タオルミナで行われた安倍晋三首相とグテーレス事務総長との懇談内容を発表した。二人は「共謀罪」の趣旨を含む組織犯罪処罰法改正案に懸念を表明したジョセフ・ケナタッチ氏が務める国連特別報告者の立場や慰安婦問題などについて意見交換したが、発言に関する公表内容が食い違う部分もみられる〉

という内容の。

まず、日本政府の発表はこう。

〈事務総長は、人権理事会の特別報告者は、国連とは別の個人の資格で活動しており、その主張は必ずしも国連の総意を反映するものではない旨を述べた〉

で、国連の発表はこう。

〈特別報告者の報告書に関し、事務総長は首相に「特別報告者は独立しており、人権理事会に

直接報告する専門家である」と述べた〉

ぜんぜん、ちゃうやん。

ほかにも日韓合意が、政府発表と国連発表が食い違うものになっていたり。

つまり、こういうことだろ。安倍政権が前のめりになっている共謀罪について、国連特別報告者のケナタッチ氏が「プライバシーや表現の自由を制約する恐れがある」と指摘したものだから、この国の政府はケナタッチ氏を国連とは関係なく動いている人、と印象操作したかった。だって、政府ははじめの頃、共謀罪をやらないと国連のテロ対策に……ゴニョゴニョといっていたじゃん（あとからまったく関係ないことがバレた）。なのに、国連から否定されたら困るもんなぁ。

この国の報道は、安倍政権をただただ守りたいだけなのか。ずっと、彼が首相でいるわけもないのに。

事実を歪めちゃいかんでしょ。そこを歪めた報道ならば、見ない方が良いってことになってしまう。

そうそう、おなじく東京新聞の5月31日付朝刊で、「国連特別報告者　秘密法、政府に改正勧告」ってのもあった。覚えているかな？　国連の言論と表現の自由に関するデービッド・ケイ特別報告者のこと。

〈ケイ氏は、日本の報道が特定秘密保護法などで萎縮している可能性に言及、メディアの独立性に懸念を示し、日本政府に対し、特定秘密保護法の改正と、政府が放送局に電波停止を命

じる根拠となる放送法四条の廃止を勧告した〉
でも、この国の政府はケナタッチ氏のときとおなじような態度でおった。〈ケイ氏は報告書を国連人権理事会に提出、来月七月十二日の理事会会合で説明する予定〉だって。
（2017・6・15）

＊やるなぁ、牧さん

まずはじめに大きな声で叫ぶ。

「ヒロジを返せ！」

ヒロジといえば、去年の10月に逮捕された沖縄の反基地運動家、山城博治《やましろひろじ》さんである。なんでも、高江での抗議活動中、2千円相当の有刺鉄線一本を切った容疑で逮捕され、ほどなく、沖縄防衛局職員の肩をつかんでゆさぶってけがを負わせるなどの容疑も加わったみたいだ。

その程度のことで、3カ月も勾留。家族にも会わせてもらえないんだって。……異常だな。彼がここまでやられる理由は、誰が考えてもわかるでしょうが。

菅官房長官が「共謀罪」は「一般の方々が対象になることはありえない」とかいっていたけど、一般の人かどうかを決めるのは、逮捕する側なんだっちゅーの。

もうすでに、政府に刃向かう人は一般人じゃないって解釈が許される世の中になってやしない？

政府に刃向かう人、とくに目立つ人に目星をつけ、盗聴でもなんでもがんがんやって、微罪で逮捕。後から罪はなんとでも作り上げられていく。そんな世の中になれば、誰も本音をいえなくなる。戦争反対って当たり前のことをいうのもはばかられ、子どもに赤紙がきても万歳三唱しなきゃならなくなるのか？

安倍首相は1月10日、共同通信の単独インタビューで、「（共謀罪の）成立なしで五輪開けない」と語った。

が、そこまでして東京オリンピックをやりたい国民はどれほどいるんだ？

世論調査では、五輪に期待するかしないかだけでなく、まずはじめに、この国の貧困問題をあげ、その上、共謀罪の危なさなども話し、そうそう未だどうやったら解決できるんだかわからない福島第一原発の現状も、五輪招致を巡って賄賂《わいろ》疑惑が出た巨額支出の話もしてから、「東京オリンピック、やるべきだと思いますか？」

と聞いてもらいたい。ぜんぶ、本当のことじゃん。そこまでしての世論調査だ。

東京新聞の1月9日付「こちら特報部」のデスクメモがまたイカしてた。

〈現代の治安維持法たる共謀罪を導入しないと、五輪が開けないという。ならば五輪などやら

なくてもよい〉

ほかの新聞もこのくらいわかりやすく、はっきりと書いてほしいよ。

〈米軍がいないと、中国に侵略されるという。米軍が守ってくれるという「お花畑思考」は論外だが、米軍基地とテロの関係も語られない。今年はおめでたい空気と決別したい。(牧)〉

ひゃー、ラストの嫌味もいいね、いいね。

大統領になったトランプさんがどう出るかと騒ぐ前に、この国がどうしたいか、どうありたいかの、国民を交えた話し合いはなぜ展開されていかないのか？　すべてがその時その瞬間のノリで決められそうで、怖いんですけど。

牧さんという記者は、男かな、女かな？　若いのかな、年寄りかな。惚れそうよ。

（2017・1・27）

＊もうどうにもできないのかしら？

硬派な報道番組がなくなってゆく。反対に報道番組のワイドショー化が、顕著になってきている。国民は自分の半径3メートル以外のことは考えるな、ってことみたいだ。

それってあたしたちのためになるの？　もうどうにもできないのかしら？

2016年3月末で「報道ステーション」の古舘《ふるたち》キャスターが辞めた。そして、放射能と関係があるのではないか？と疑問を投げた。

3月11日は、福島県で発生している小児甲状腺癌《がん》を取り上げた。そして、
3月18日は、古舘さんがドイツへ飛び、民主的であるといわれたワイマール憲法が、どうやってナチスに蹂躙《じゅうりん》されたのかをリポートした。

ヒトラーはワイマール憲法の条文のひとつである「国家緊急権」——「大統領は公共の安全と秩序回復のため必要な措置を取ることができる」——を悪用し、独裁者になったという。国家緊急権によって、邪魔者を徹底的に潰していった。集会やデモを禁止し、出版物を取り締まった。野党の動きを封じた後は、個人の動きにまで監視の矛先を向けた。

番組では、この「国家緊急権」と、自民党の憲法改正草案「緊急事態条項」は似ている、といっていた。

ほんとに、そっくりだ。

古舘さんは「日本にヒトラーが現れるようなことはないと思う」ってなことをおっしゃっていたし、ここまで読んでみなさんが頭に浮かべたあのお方の名前をあげることもなかった。

怖いもんな。そのことも十分に伝わってきた。

そして、その6日後のことだ。東京新聞にこんな記事が載ったのは。

「安倍内閣が、共産党について『現在においても破壊活動防止法に基づく調査対象団体である』

との答弁書を閣議決定した。民主党と決別した鈴木貴子衆院議員の質問主意書に答えたものだ」（3月24日付、こちら特報部）

夏の参議院選に向け、野党共闘の重要な鍵になる共産党への卑劣なレッテル貼りだ。

反ナチス運動組織「告白教会」の牧師の、あの有名な言葉を思い出した。

「ナチスが最初共産主義者を攻撃したとき、私は声をあげなかった。私は共産主義者ではなかったから。

社会民主主義者が牢獄に入れられたとき、私は声をあげなかった。私は社会民主主義者ではなかったから。

彼らが労働組合員たちを攻撃したとき、私は声をあげなかった。私は労働組合員ではなかったから。

そして、彼らが私を攻撃したとき、私のために声をあげる者は、誰一人残っていなかった」ってやつだ。

ひょっとして、ホップ・ステップ・ジャンプのステップ辺りに、もうこの国は踏み込んでしまっているのかもしれない。古舘さんの報ステがなくなったら、どこがこういう重要なことに気づかせてくれる？　あたしたちは、いったいどうなっていくのだろうか？

（2016・4・7）

＊うわ〜、なんつー大人げない政権

うわ〜、なんつー大人げない政権なんでしょう。11月28日付の日刊ゲンダイのスクープ記事、読んだ？

読んでないなら読んでくれ。

「前代未聞だ『選挙報道』に露骨な注文　自民党がテレビ局に送りつけた圧力文書」というタイトルの。

「要するに自民党に不利な放送をするなという恫喝《どうかつ》だ。（中略）露骨なのは〈街角インタビュー、資料映像等で一方的な意見に偏る、あるいは特定の政治的立場が強調されることのないよう、公平中立、公正を期していただきたい〉という要求」

街頭インタビューにまで注文つけてくるとはね。

ま、安倍さんはTBS系の「NEWS23」に出て、街頭インタビューのVTRに「（人を）選んでるんでしょ！」と〇〇みたいにキレてたもんな。

こんな狭量な総理、はじめて見たわ！

安倍政権だけだよ、こんなにうるさくマスコミに圧力かけてくるのは。

あたしはさ、結構、いろんな政治家の批判文を書いたり、批判コメントをしゃべったりしている。

安倍政権になってから、「あまり踏み込まないように」と注文つけられることが多い。もしかすると、それは安倍政権がいってきたことではないかもしれないけど。局が安倍政権を忖度《そんたく》しているのかも。でも理由は、面倒臭いし、怖いからでしょ。

かつて小泉政権時代、あたしはめちゃめちゃ批判文も書いたし、批判コメントもした。が、なにもいわれなかったよ。

役者をされているイケメンの息子さん、小泉孝太郎さんとの対談の仕事があって、まさか引き受けてくれるとは思わなかったんだけど、快く引き受けてくれたんだ。

お会いするや否や、あたしが開口一番で、「あの〜、あたしがお父様の悪口をいろんなところで書いたりしているのは、ご存知ですか？」といったら、クスッと笑って、

「ええ、知ってます」孝太郎さんは答えた。

「あたしは対談を引き受けてくださってとても嬉しいですけど、いいのですか？」そう訊ねたら、

「こちらこそ、いいけど、いいのですか？　そう思ってましたよ」

そして、二人してゲラゲラ笑った。楽しい対談時間を過ごしたよ。

そのときも思ったんだけど、小泉さんの悪口をたくさん書いたけど、上からのクレームなんて一切なかったわな。それが普通だしね。

だって、政治家は我々の血税をたんまり使って活動している公人だもん。批判されても、しょ

うがないと流すでしょ。

ところで、安倍さんは解散会見のとき、自分を批判している人と徹底討論したいっていってた。そっちはいつやるの。

そっちこそ「はやくやらせろ」「何度もやらせろ」と局に注文・恫喝すべきでしょ。安倍さんのいい分だけ流すって、それが偏向報道というのでは。

（2014・12・12）

＊ぜんぜんニュースにならないデモに「どうして？」

ものすごく期待していたけれど、憲法9条はノーベル平和賞を受賞できなかった。今年の受賞は、女子教育の権利を訴えるパキスタンのマララ・ユスフザイさん、そしてインドの児童労働問題に取り組んでいるカイラシュ・サティヤルティさん。

マララさんはまだ17歳。受賞決定後のメッセージも格好良かった。

「この賞は、ただ部屋に飾ったりするためのメダルではない。終わりではなく、始まりに過ぎない」

彼女はイスラム過激派組織の男に頭部を銃撃された後も活動をつづけたんだとか。勇気あるなぁ。

今のこの国のおかしさを、海外報道記者が暴いてくれるんじゃないか。そう考えていた自分が恥ずかしくなったよ。

そして、若者たち。我々大人が考えるこれから先より、若い人たちのこれから先のほうが少しだけ長い。少しだけといっても、生きていくことは結構大変なことであるから、若者はどんな未来を望むのか、どしどし意見をいっていいはずだ。

ぜんぜんニュースになっていないが、10月10日、特定秘密保護法に反対する学生有志の会「SASPL」の呼びかけで、緊急の首相官邸前デモがあった。学生や若者、550人余(主催者発表)が集まったらしい。

あたしはこのことをネットで知って、どのようにニュースで取り上げられるのかに注目していた。

この原稿を書いているのは12日の早朝だけど、今のところ、「しんぶん赤旗」でしか取り上げられていない。

どうして? テレビではちょくちょく若者の生の声を取り上げる番組作りをするのにね。仕込みじゃなく、500人も若者が集まっているじゃないのさ。

マララさんの勇気にも感動したが、あたしはこのデモに集まった若者たちにも感動したぞ。デモに集まった子たちは、写真を撮られているかもしれないわな。フェイスブックやツイッターで仲間を集めているみたいで、身元がバレる恐れもあるわな。

それが、今の世でどんなに勇気あることか。

就職試験のとき、身元調査をされ、不利になることがないともいえない。利潤追求至上主義で、社会貢献なぞ考えない大手企業は、とくにそういうことをしそう。

けれど、ここに集まった若者たちは、自分のことだけじゃなく、自分をふくめた大勢のこれからを憂えて立ち上がったわけでしょう。なかなかできることじゃないと思う。格差が広がる昨今、その行為は銃弾に動じなかったマララさんに匹敵するのではないか。

そうそう、9月2日付の東京新聞に載っていた、文部科学省が国立大の文系学部を、廃止や転換せよとの改革案を大学に通達した、という記事。

行数がないからきちんと書けないけれど、結局、今の大人は、今の自分に都合の良い若者しかいらないってことだ。

若者よ、叫べ。


（2014・10・27）

第四章
本当にこのままでいいの？

＊子に何を教えてゆくのか

悪さをした子どもを叱るとき、大人は、なぜそれが悪いのかを教えてきたのだろうと思う。「まわりの迷惑になるから」であったり、「嫌だといってる人（親であるあたしを含め）がいるから」であったり。

そして、子どもが悪さを認めて謝ってきても、ほんとに悪いと理解したかを問いただしたはずだ。

約束は極力守らせる訓練をし（すべてそうしきれないが）、責任というものを持たせようとした。

子を育てるうえで、それはごくごく普通のことだと思っていた。その考えが揺らぐ日がまさか来るなんて、思ってもいなかった。

2011年3月の東京電力福島第一原発事故をめぐり、東電の旧経営陣3人が業務上過失致死傷罪で強制起訴された裁判は、全員無罪となった。

福島第一原発は東日本大震災による巨大津波に見舞われ、原子炉3基がメルトダウン、そのせいで最大時には約16万人（震災全体で47万人）が避難する羽目になった。

そして、メルトダウンそのものによる死者ではないが、入院していた病院から避難を余儀なくされるなどして、44人が亡くなった。

このような大きな罪は東電だけではどうにもならず、その上のこの国に責任を負わせたというならまだわかる。けど、違う。逆だ。責任を負う人間を作らないことにしたのだ。

9月19日の中日新聞の夕刊によると、「公判の争点は、海抜一〇メートルの原発敷地を超える高さの津波を予見し、対策を取ることで事故を防げたかどうか」だったという。「東電の地震・津波対策の担当者らは、原発事故が起きる三年前の二〇〇八年三月、国の地震予測『長期評価』に基づく試算値として、原発を襲う可能性がある津波の高さが『最大一五・七メートル』という情報を得ていた」と。

しかし、なんら対策を取らなかった。東電の旧経営陣3人は、3人とも地震・津波の担当者の声を無視した。なぜか?

大津波の襲来は十分予見できたのに、原発の運転停止のリスクや多大な出費を避けるため、そういった指摘に対し、聞こえないふりをしたのだ。

ここがあたしはわからない。仮に、地震・津波対策の担当者らの意見を聞き、すぐさま対策に動いた、だけど間に合わなかった、ということで無罪というのならまだわかる。

が、何度もそういう指摘を受けながら、金をかけたくないからといった理由でそれを無視した人たちがなぜ無罪になるんだろう。

これを許してしまえば、この先この国の企業は、儲けるためには倫理なぞいらない、という企業ばかりにならないか?

そして、この国の子どもたちには、なんと教えるのか?

弱肉強食、強い者が正義であると教えるのか? 強い者が弱い者を踏みつけながら生きていくのが定めとでも教えるのか？
すべてが金だ、と。

（２０１９・10・11）

＊物とされた我々

「次は私自身が金正恩《キムジョンウン》・朝鮮労働党委員長と向き合わなければならない」、あの方の決め台詞な。

カッケェ、と思う人いる？　心底呆《あき》れるわ。拉致被害者を取り戻すため、金正恩と話し合う可能性が少しでもあったなら、なぜはじめにトランプさんと一緒に拳を振り上げた？その後、日本だけが梯子《はしご》を外された。これから独自に話し合いの場を設けるなんて、結局、カネ次第って話になるんじゃないの（報道されないだろうが）。

米国のトランプ大統領にあの方が、「日本企業は七つの工場をアメリカに移転させる」といったみたい。

この国は労働力が足りないから移民を受け入れるんでしょ。先進国の中では賃金が低いこの国。それでも移民と競争させてもっと安くしたいわけだ。それでなんとか企業がやっていくという話だったのに、なに考えてるの？　国民のことを考えてないのは確かだけど。

民意を無視して、強行される辺野古新基地建設の工事。軟弱地盤の改良に何年かかって、工事の総額がいくらになるのかもわからない。来年はいくらで、再来年はいくらって、何十年も工事が終わるまで予算を上乗せしていくつもりらしい。

政治家の身内が基地建設に関わっていたり、基地建設に関わる会社が政治家を応援してたり。こうなると、どうして辺野古に米軍基地が必要か？　という話じゃないのかもって気がする。普天間が危ないからって理由だけじゃないだろ。

そして、事故を起こした福島第一原発。その対応費は81兆円になるんだって。81兆円って、目ン玉が飛び出るわ。3月9日付の朝日新聞デジタルに、

〈東京電力福島第一原発事故の対応費用が総額81兆～35兆円になるとの試算を民間シンクタンク「日本経済研究センター」（東京都千代田区）がまとめた。経済産業省が２０１６年に公表した試算の約22兆円を大きく上回った〉

という記事が載っていた。大きく上回ったっていうけどさ、経産省が出した数字の倍なんてもんじゃない。最大59兆円も上回っているってどうよ？　どうしても原発推ししたい経産省が、嘘データ出したんかいな？

この国はほんとにもうダメなんじゃないか？　この国の中枢にいる連中は、それが真っ先にわかるポジションにおる。だから最後に盛大なパーティーを開く勢いで、我々の血税を使

いたい放題にしているんじゃないか？　こっそりポケットを膨らましてる。最後は逃げるつもりで。

ひと昔前は、この国の中枢にいる人間は、国民をＡＴＭみたいに使う、そう思い腹立たしかった。でも、我々が彼らにとって便利なＡＴＭでいるうちはぎりぎりでも生かされる、共依存のような関係だと感じてた。

今は、彼らは我々から盗むだけ盗んで、ＡＴＭとして壊れたらポイ捨てするつもり、そう感じる。我々はいつの間にか、人から使い捨ての物に、勝手に格下げされたっぽい。

（２０１９・３・21）

＊そのやり方、正解？

おにぎりを一つ持っている。自分はお腹が空いている。それでも、目の前に自分よりお腹が空いていそうな人がいたら、渡すよね。それが無理でも、おにぎりを半分こするよね。

大きな話になると、人はなぜそれができなくなるのだろうか。

この国の７人に１人が貧困だ。なぜ、そんなことが起きるのか。

この国は超少子高齢化が進んでいる。労働力が足りず、移民に頼ろうとしている。労働力が足りないわけだから、失業者は少ない。

つまり、働かないから貧しいわけじゃない。働いても十分な賃金がもらえない。

安倍首相が「アベノミクスで失業者は減った」という。けど、非正規の低賃金で働く人が増えただけ。

安倍政権になってから、自動車産業などの大手企業が、内部留保をやたらめったら貯めるようになった。人件費を抑えるだけ抑えていることも、儲けにつながっているのだろう。

ほんとにそれがいいことなのか。というか、そのやり方が正解なのだろうか。

非正規の低賃金で働く人たちは、生きていくだけで精一杯の人が多い。精一杯なのだから物は買わない。子どももつくらない。

大企業が内部留保を貯め込むのは、この先、会社が良くなると想像できないからだろう。

結局、今のやり方で、幸せな未来を想像できている人なんて、この国にはいないんじゃないかと思う。

たとえば、開催費用が3兆円を超えるともいわれている東京五輪についても、おなじようなことを思う。

なぜ、人件費をボランティアで浮かそうとする？

去年、社民党の福島瑞穂さんが、疑問を投げかけていた。東京五輪の人材派遣を一手に任されている、パソナの契約金はいくらなのかと。民間企業であることを理由に、誰もその問いに答えなかった。

パソナがボランティアみたいな価格で仕事を請け負ったなら、堂々と答えていただろう。いえない理由は、我々が考える以上に契約金が高いからじゃないのか。

東京五輪を盛り上げようとしている人たち——国威発揚を狙う政治家だったり、広告会社だったり、箱物をつくる建築会社だったり、高い放送を買うんだからと張り切るメディアだったり、その放送に出演したい人たちだったり——その人たちはこれでいいと思っているのか。当初、復興五輪といっていたことも忘れて。踊れ、と国民に号令をかけるだけで。

3兆円は税金で、そんなに金をかけてやるなら、一部の人たちだけじゃなく、国民の多くに分け前が届く祭りにすればいいのに。そこに頭を使うべきなのに。

それなら、アスリートたちのパフォーマンスを純粋に楽しめ、東京五輪が終わった後、そのバカ高いツケがまわってきたとしても、少しは納得もできる。あのときみんなで踊ったよ、楽しい夢を見たともいえる。

そういう気持ちこそ、国威発揚となるんじゃない？


（2019・3・14）

＊気づいて！

あけましておめでとうございます。といっても、このコラムを書いているのは12月の半ば。正月の準備は、真空パックのサトウの鏡餅小を買って、テレビの前に置いとくだけ。

お正月がやってくるというのに晴れやかな気分になれないのは、安倍政権が沖縄の辺野古の海に土砂を強行的に投入しはじめたからかもしれない（今、12月17日。土砂投入は14日から）。ニュースを観ていて、綺麗な辺野古の海が埋められていく様子を、今のこの国と重ねてしまった。

安倍政権は、あたしたちが望んでいないことばかりを進めていく。

外国人労働者たちに対する差別をそのままにし、これから大量の外国人を入れる。それはこの国の人間の、労働環境の悪化や、賃金低下も意味している。

世界で失敗ばかりしている、水道の民営化。地産地消できなくなりそうな、種子法廃止。そして、日米地位協定の見直しもせず、沖縄への米軍基地の押しつけ。

そのくせ、国策として力を入れていた、原発の海外輸出はすべてご破算となりそうだ。ご破算になって良かった。海外の原発輸出先で、事故が起こったらどうする？　日本人として厭《いや》な、居たたまれないような気分になっただろう。

安倍政権が力を入れる政策って、多くの人間が不幸になるものばかりだ。カジノ解禁もそう。博打《ばくち》は人の不幸で成り立つ商売だもん。

でもって、我々の社会保障費を削りまくり、そのくせアメリカからリボ払いで武器を大量に購入。

みんな気づいて！　もう、ちょっとずつ、我々は不幸になってきているんだよ。

〈2人以上世帯の可処分所得は1997年の月額49万円をピークに、毎年引き上げられてきた社会保険料の負担増などで、2016年は42万9517円と月7万円も減ってしまった。年間84万円ものガタ減りである〉（2018年1月3日付の「日刊ゲンダイDIGITAL」）

この5年で、低賃金の非正規雇用ばかりが増えている。貯金ゼロ世帯が、30％を超えた。時代の流れに合わせれば、うちのお正月も細《ささ》やかになるわけだ。

年始から暗いことばかり書いてごめん。でも、年が変わっても、忘れちゃいけないことだから。

テレビは年末年始の番組ばかりになり、お正月番組が終われば、東京オリンピックの話題一色になるだろう。けれど、その間にも、辺野古の土砂投入は進められていく。そして、細やかなお正月もできない人々は増えてゆく。

働いているのに、年収が300万円以下の人が40％。年収122万円未満の可処分所得しかない相対的貧困率は、15・7％。子どもの貧困は13・9％で7人に1人（15年厚生労働省調べ）。

世界第3位の経済大国でありながら、これだよ。あたしたちが望んでいるのは、こんなに格差の激しい国だった？

（2019・1・10）

＊マクロンは謝罪した

燃料税を引き上げることにした政府に対し、反政府運動がフランス全土に広がっていった。燃料増税は見送ることになったものの、デモは拡大していった。マクロン政権が一部の富裕層ばかりを優遇し、その他大勢の労働者や低所得者に冷たいからだ。

このままではまずい、とさすがにマクロン大統領も感じたのか。12月10日、国民に向けて演説をした。そして、こういった。「国民の怒りは正当だ」と。

そして、最低賃金引き上げや、月額2千ユーロ（約26万円）未満の年金生活者への減税などを約束した。

演説の中でマクロンが否定したのは、デモの中の暴力だけであった。

つまり、不満を叩き付けた国民に、マクロン大統領は完全に負けを認めた。

フランスで膨らんでいった国民の不満は、じつは世界の多くの国民も感じていることではないのか？

力ある者が富を独占するのは当たり前で、そうしなければ世界の競争には勝てない。貧しい者はそのおこぼれを待つように、という考え方がおかしいのだ。

この世の富める者は、際限なくどこまでも貪欲で、世界と競争するためという言葉を建前にし、多くの者を犠牲にしてきた。いずれみんなが良くなるといっているが、そんなときはこないし、多くの者は使い捨てにされるだけ。

この国でもまったくおなじことが起きている。

あたしは先々週、野党議員が団結して辞表を提出するところまでやらなきゃ、もうダメなんじゃないかという話を書いた。そこまでやったらメディアジャックできるし、多くの国民もついていくだろうと。

ハロウィーンの渋谷での暴動が、ワイドショーを独占した。防犯カメラから、暴動に参加した者が特定され、逮捕者が出たからだ。

この国の進んだ技術を見せつけることは、未来に起きるかもしれないテロの抑止力になる、そう解説されていたが、ほんとだろうか？

あたしは、テロというより、デモを起こさせないためなんじゃないかと思った。小さくであったが、フランスのデモについても、ニュースで取り上げられだしていた頃だった。

本人を特定できるような防犯カメラがついていると知って、デモへの参加をためらう人だっているだろう。

たとえば、大企業の社員であったり、これから就職活動をする学生だったり。

あたしだってそうだ。建前上、公平・中立をうたっているテレビで、コメンテーターをやっているから。

しかし、野党議員がすべて懸けて、今の政権に立ち向かい行動を起こしてくれるというなら、あたしもすべてを懸けてもいい。まず、あなたたちの本気を見せてくれと思う。

ほかにもそういう人はいっぱいいるんじゃないか。このままじゃいけないと感じていても、このままはつづくのだと諦めている人。

さて、年内のコラムはこれが最後。来年は今年のつづきか、新しい年なのか？

（２０１８・12・27）

＊差別と気が合う仲間たち

なぜ、差別はなくならないのだろうか。女だから、日本人ではないから、ＬＧＢＴだから、様々な理由で、人は人を差別したがる。

東京医科大学の性差別受験に関して、「子どもを産む性である女は、一時、仕事を休まねばならないから」といった意見があったが、子どもを作らない女だっているし、休んだぶん以上に男より出来る女医だっているはずだ。てか、子どもが赤ん坊のとき、旦那が面倒見たっていいのよね。

中国人や韓国人叩きに精を出している者もいるが、中国人や韓国人は嫌なやつ、そう断定していいものなのか。

あたしがこれまで出会った嫌な人は、圧倒的に日本人が多かったぞ。そりゃあ、そうだ。この国で生きていれば、日本人との関わりがもっとも多いはずなんだから。

日本人にも中国人にも韓国人にも、嫌な人は一定数いる。逆に、どこの国にも良い人だっている。なのに、国籍でレッテルを貼るのはおかしいよ。

ＬＧＢＴについては、ちょっと前、「新潮45」に載せられた杉田水脈《みお》自民党衆院議員の「生産性がない」という言葉が酷《ひど》いと話題になった。ずいぶん叩かれたから、書いた本人も、それを載せた出版社も、反省しているのかと思った。

が、違った。またまた「新潮45」で、「そんなにおかしいか『杉田水脈』論文」という特集が組まれた。

そこには、テレビなどで性的指向をカミングアウトすることは、パンツを脱いでいるようなもの、ＬＧＢＴを認めるなら、痴漢の触りたくなる気持ちも認めよ、という乱暴というか、トチ狂った識者の論文が載っていた。

国がしなきゃならないのは、ＬＧＢＴより少子化対策、だという論文もあった。

なんなんだろか、この人たちは。

ＬＧＢＴの人は、マイノリティーである自分らを優遇してくれなんて一言もいっていない。一方、少子化対策はこの国の大問題であるのだから、税金を投入してでもなんとかすべき問題だろう。まったく違う話だ。

９月17日放送の「ＮＥＷＳ23」（ＴＢＳ）で、安倍首相と石破元幹事長の討論が行われ、その中で安倍さんは杉田議員についてかばっているようなことをいった。
「『もう辞めろ』と言うのではなく、まだ若いですから、注意をしながら、仕事をしてもらいたい」「多様性について尊重する党であります」と。

そんな多様性はない、石破さんはそうすぐ反論したけどさ。そして、彼は杉田氏が比例中国ブロックの単独1位で当選した議員であることを指摘した。

つまり、杉田氏になんらかの処罰がない場合、彼女の意見は今の自民党の意見と捉えられかねないと危惧したのだ。

てか、危惧するもなにも、あたしはそう思ってるけどね。「新潮45」で杉田擁護をしている人は、安倍政権と仲が良い人たちばかり。気が合う仲間ってやつか。

（2018・10・4）

＊あんまりだと思うのよ

いやぁ、びっくりしちゃったな。東京医科大学は、裏口入学だけでなく、女子受験生の得点を一律に減点しておったのか！　子どもたちに、伝えたくないニュースだよ。

だってこの国では、どんな親のもとに生まれたかが大事で、男であることが大事で。結婚や出産を機に職場を離れる女性医師が多く、系列病院の医師不足を回避する目的だったというけれど、結婚も出産も女だけでするもんなの？

出産しないと生産性がないといわれるしさ。

子どもが小さいときくらい女は家にいろ、といわれたり、労働人口が減っているからこれからは女も働け、といわれたり。

自民党の杉田水脈《みお》議員のＬＧＢＴ差別発言が問題となっているが、今の自民党主流派の人々は、ほんと差別が好きだよな。人権意識が低い。

歴史の本を読んでいると、人間には本来、そういう残酷なところがあるのかもしれないとは思う。だからこそ、そういうのをやめようと、意識しながら生きていくのが、正しい今のあたしたちのあり方なんだと思ってた。

が、安倍政権になってから、真逆に進んでいるようで。

男であっても女であっても関係ないし、仕事を好きな女がいても、家事が好きな男がいてもいいじゃんか。

子どもを産む産まないにしても。

なんで、一握りの権力を握っている人たちに、こうしろああしろと、上から目線でいわれなきゃなんないの？　そんなにあの人たちは立派か？　ほっといてよ。

超少子高齢化だから、そういわないといけないというならば、うちらその他大勢の人間に、子どもを作りたい気分にさせて。

超少子高齢化で労働人口も減り、これから大変だっていうなら、いつまでもメチャクチャな税金の使い方すんなよ。

うちらから吸い取った血税を、自分たちの利害関係で使いまくるのはやめてほしい。総理のお友達が理事長をやっている加計学園グループに税金をふんだんに投入しているが、それがうちらにとってどう大切なことなのか、まるで意味がわからないんですけど。

アメリカから輸入するイージス・アショアの本体価格が、1セットあたり800億円から1340億円へと跳ね上がったけど、それはそのままでいいの?

東京医科大学が2013年に女性の活躍を支援する国の事業に選ばれ、3年間で8千万円を超える補助金を受けていたというのは、もはやギャグだよ。どんだけうちら国民をなめてんの?

非正規労働者は増えるし、格差社会は広がって、子どもの貧困も問題になっている。働かせ方改革、高プロ導入。うちら国民を過労死寸前まで働かせたいんだってよ。

その上、カジノで金を使わせようとするなんて、あんまりだと思うのよ。

(2018・8・23)

＊大人ってなんだ？

現状のメディアのあり方を嘆くと、同業の知人によくいわれる言葉。

「まだ、マスコミが正義だと思ってるの？　もっと大人になりなよ」

あたしのことを思ってくれての発言だと思う。もっと気楽に稼ぎなよ、的な話だ。

同業じゃない知人に、政治のおかしさを告げれば、「だから、ってさ。我々が動いたくらいじゃ、どうにもね。世の中の流れなんて変わらない。あんたも、もっと大人になりな」などといわれる。

大人ってなんだ？

大人とは、長いものには巻かれ、その中でしぶとく生きている人？　まわりの空気を読み、決して損などしないように立ち回る人のこと？

大人であれば、養う家族を抱えていたりするし、その生き方が悪いともいえない。けど、べつに尊敬できたりもしない。あたしが子どもだったら、そんな大人のいうことなんて聞かなくてもいいと思う。

たとえば、人を殺したり、泥棒をしたりすることは、今はいけないことになっている。だけど、人を踏み台にして自分の身を守ることや、ルールをねじまげ卑怯《ひきょう》な手段で勝つことが、どうしていけないことなのか、きちんと答えられる大人は少なくなってきているように思う。

というか、生き残ったほうが正義、消されたほうが悪い、ズルしても勝ちは勝ち、そう胸を張って答える大人が増えているのかも。

そのうち人殺しでさえ、「バレるから悪い」となるかもね。戦争に行かされ、心身ともにズタボロにされて帰ってきても、

「えっ？ マジでおまえ人殺しちゃったの？ もう大人なんだから、自分の判断でしょ」とかさ。そうあっさりいわれたりしてな。「（命令したけど）俺はやってないから、セーフ」

「改ざん、隠蔽《いんぺい》、廃棄、虚偽答弁。このような悪質極まる行為を引き起こした政権は、安倍政権が歴史上初めてなんです。あなたの政権のもとで一体なぜ、このような悪質な行為が引き起こされたのか」

これは5月30日の党首討論で、共産党の志位委員長が安倍首相に投げた問い。あたしもその答えが知りたかった。

でも、安倍さんはその問いに答えなかった。質問をはぐらかした。志位さんはもう一度、おなじことを聞いたけど、答えなかった。

安倍さんが答えないので、志位さんが代わって答えていた。

「国民はみんな知っているんですよ。なぜ行われたかを知っている。総理、あなたを守るためです」

でもって、トップがズルくて卑怯だから、それに倣《なら》って、それでいいんだ、という空気が世の中に蔓延《まんえん》していく。

あ、それも、あの人を守ることになるのかも。

世の中の常識がぶっ壊れれば、あの人のズルや卑怯が、さほど目立たなくなるもんね。

（2018・6・14）

＊いいの？　米国＞安倍＞天皇陛下

「柳瀬唯夫・元総理秘書官が総理官邸で愛媛県関係者と面会していたか確認することは困難だ」という答弁書が閣議決定された。

愛媛県側は柳瀬さんの名刺を持っていた。中村時広知事も国会で説明してもいいといっている。あとは、柳瀬さんがほんとのことをいえばいいだけ。隠してる記録文書を出せばいいだけ。

与党側は、野党側が求める中村知事の国会招致も認めず、こう来ましたか！

「セクハラ罪はない」も閣議決定されたしな。「昭恵夫人は私人」もそうだ。バカみたい。

最後には、「安倍＝国である」かな？

このコラムにも以前、書いたけど、安倍首相を批判すると「反日」だの「売国奴」だの騒ぐ安倍応援団は、すでにそう思っているでしょう。でもって、そのお取り巻きの考え方は、「米国＞安倍＞天皇陛下」。

だって、そうでしょ。この国にとって、米国がどんな不利益なことを押し付けてきても、安倍首相も安倍応援団も従うことが正しいと頑《かたく》なに信じ、「愛国」と叫ぶ安倍応援団は、天皇陛下をいじめる安倍政権に口を閉ざしたままだ。

どうしてそうなるのか？ そのあたしの疑問に答えをくれる先生が現れた。

「AERA dot.」で2018年5月18日配信された「政治学者・白井聡が語る〈安倍政権の支持率が下がらない理由とその背景〉」を読んで！

〈政権の常軌を逸したひどさが日々刻々と証明されてきたにもかかわらず、支持率の動きは底堅い。これが示しているのは、自分たちの社会が破綻しているということからも、劣悪な支配が進んでいるということからも目を背けている人々が数多くいる、ということです〉

そう白井先生は語る。現代は戦前のレジームの崩壊期を反復している時代（詳しくは先生の新刊『国体論　菊と星条旗』〈集英社〉を読んでね）。

先生いわく、戦前の国体とは、天皇を家長とし、その子である臣民で構成された共同体。じゃ、今はどうかというと、敗戦後、米国が天皇に代わって頂点となった。だから、対米従属レジームの親分である安倍首相がデカい顔をしてる。

先生は具体例もあげている。たとえば、天皇陛下の退位をめぐる有識者会議では安倍応援団の日本会議系の専門家から「天皇は祈っているだけでよい」という侮辱のような発言があった。

たとえば、首相の奥様の昭恵夫人は「私は天皇陛下からホームレスまで誰とでも話ができる」

と発言する。このことについて、先生は驚愕《きょうがく》したという。

〈首相が天皇（米国）の代官をやっているうちに、首相夫人は自分が皇后陛下だみたいな気分になってきたようですね〉

といっていた。

先生の教え。「国体」で育てられなんとも思わない人間は、自由を知らない現代の奴隷だ。支配されている自覚さえなきゃ、奴隷根性がはびこるだけ。

それは、この国の破局につながる。

（2018・5・31）

＊違った国になってしまった

2月25日付毎日新聞朝刊に、「首相指揮権明記へ　自民改憲本部　自衛隊文民統制」という記事が載っていた。

〈自民党憲法改正推進本部は、憲法改正で自衛隊の存在を書き込む場合、首相が自衛隊の最高指揮権を持つと明記する調整に入った。シビリアンコントロール（文民統制）を明確にするためで、自衛隊を国会の統制下に置くことも明示する方向だ〉という。

「自衛隊を憲法に明記しても、なんら（彼らの活動が）変わることはない」

そう首相はいっている。となると、なんら変わることはないのに、なぜ莫大な金をかけて国民投票を行おうとするのだ、という疑問があった。

「今のままだと憲法違反だから」という人もいるが、今更そんなことをいう国民がたくさんいるのか？　自衛隊は我々多くの国民に愛されている。国民の多くは、自衛隊を憲法違反だと思ってはいないんじゃないか。

自衛隊のことを思って、憲法に明記するという安倍政権。けど、ほんとうに自衛隊のことを思って、そうしたいのだろうか。

もし、ほんとうにそうであるなら、米国に乞われたら、自衛隊を簡単に海外の戦争に出せるようなことは考えない。彼らを消耗品の武器などとおなじように扱わない。

しかし、どうなっているのか、安倍首相が熱くなっている憲法改正に反対すると、自衛隊を憎んでいる人のようなレッテルを貼られてしまう。

安倍首相の応援団が、安倍支持者＝愛国者、反安倍＝売国奴みたいなレッテルを貼っていくのと同様に、憲法改正＝自衛隊に好意を持っている人、憲法改正反対＝自衛隊を憎んでいる人、という単純で歪《ゆが》んだ決めつけを行っているのかもしれない。

なにを馬鹿な、という以外にない。安倍さんが自衛隊員一人一人の命のことなど考えているか？　あの方は、首相としての功績として、憲法改正をしたいだけなんじゃないか？　だから、なんら変わりはないけど、変えたい、などというのではないか？……そう思っていたけど、ちょっとまた考えが変わったな。

功績とか名を残すとか、そんな可愛いことじゃないかも。安倍さんは安倍王国を作りたいんじゃない？

安倍さんと安倍友のために、この国の行政は歪められた。もっか、司法や立法も怪しい感じ。朝日新聞がスクープした森友文書の改ざん、もとの文書は今や財務省ではなく、大阪地検にあるそうだが、「だったら大丈夫だ」と、そう思えなくって。

そのうち国会前のデモに対して、本気の自衛隊を向けられたりしてね。

自衛隊にシビリアンコントロールは重要であるが、今、もっともそれが必要なのは、自衛隊の最高指揮官の安倍総理に思える。意見が違う学者たちの話にだって、少しは耳を傾けてくれ。もうずいぶんこの国は、違った国になってしまった。

（2018・3・19）

＊日本＝安倍さんなのか

安倍首相が好んで使った「美しい国」とか「日本を取り戻す」とかいう言葉の意味が、未だもってよくわからない。美しい国とは、なにをもって美しいというのか？　日本を取り戻すとは、誰からなにを取り戻すことであるのか？　そこを突っ込んで聞いた人っているのかな？

今更、そんなこと考えても仕方ないのか？　そういうフレーズが日本国民はみんな好きでしょう、という感じで使った言葉だったり？　電通あたりに、「この言葉、ウケますよ」っていわれて。

まあ、その言葉はなんとなくウケた。一部の人は大喜びした。その言葉だけで顔をしかめる人はいなかった。

でも、今こそその言葉の意味を考えてみたい。安倍政権がつづいて、みんなが感じる、美しい国になったのか、日本を取り戻せたのか？

先日、米軍の三沢基地から飛び立ったF16戦闘機が火を噴き、燃料タンクを小川原《おがわら》湖に落とした。

米軍は漁業者に謝罪したが、油漏れの後始末は、自衛隊がやっているという。

日本を取り戻すどころか、安倍政権になり、この国を米国に差し上げたんじゃないかと思うことが多々ある。

ほかにも、国会で虚偽答弁した官僚を、「適材適所」といって国税庁長官に据える。嘘データを使って、我々を過労死寸前まで働かせようとしていることもあらわになった。

自分の仲間には便宜を図り、我々、国民の財産を簡単にプレゼントする。そのくせ、邪魔な者は排除していく。籠池夫妻がここまで長く勾留されるなんて異常だ。

思い返せば、籠池前理事長が経営していた塚本幼稚園の2015年の運動会で、

「安倍首相、がんばれ!」

と園児にいわせたあの教育を、安倍首相や昭恵夫人は当初、「素晴らしい」と絶賛していたのだ。

ひょっとして安倍首相のいう日本とは、安倍首相自身のことなのではないかと最近は思う。

だとすれば、彼がいっていることと、これまでやっていることは一致する。

平昌《ピョンチャン》オリンピックで金メダルを取った選手へ、なぜカメラがまわっているところから電話をかけたのか?

安倍首相からすれば、ユニホームに日の丸を掲げて栄誉を勝ち取った選手は、自分のために頑張ってくれたように思えたのかも。

国会で官僚たちが嘘を連発するのも、安倍政権を守るためだ。

安倍さんにとっては日本=安倍なのだから、そんなこと当然だと思うのかもしれない。そう考えれば、国会での悪辣《あくらつ》な開き直りも納得できる。

そうそう、4月から小学校の授業で道徳が成績評価される教科となる。

そのうち、日本=安倍さん、っていうのが当たり前になったりして。テストでそれが模範解答になったりして。

本気で税金、納めるのがイヤになってきた。

（2018・3・9）

＊この流れでいいの？

長い引用だけど、あたしの言葉より説得力があるのでぜひ読んでほしい。ナチスのナンバー2だったヘルマン・ゲーリングの言葉だ。

〈一般市民は戦争を望んでいない。貧しい農民にとって、戦争から得られる最善の結果といえば、自分の農場に五体満足に戻ることなのだから、わざわざ自分の命を危険に晒《さら》したいと考えるはずがない。当然、普通の市民は戦争が嫌いだ。……しかし、結局、政策を決定するのは国の指導者達であり、国民をそれに巻き込むのは、民主主義だろうと、ファシスト的独裁制だろうと、議会制だろうと共産主義的独裁制だろうと、常に簡単なことだ〉〈意見を言おうと言うまいと、国民は常に指導者たちの意のままになるものだ。簡単なことだ。自分たちが外国から攻撃されていると説明するだけでいい。そして、平和主義者については、彼らは愛国心がなく、国家を危険に晒す人々だと公然と非難すればいいだけのことだ。この方法はどの国でも同じ

ように適用するものだ〉

どう思った？　あたしたちは、今、これをされているんじゃない？

国連で演説した安倍首相は、北朝鮮への恫喝《どうかつ》に終始した。「必要なのは対話ではなく圧力です」と述べて。

隣国からの危険が迫れば、国民は力強いリーダーを求めるという。実際、北朝鮮のミサイルが飛んでくるたび、森友・加計学園問題でガタガタになっていた政権支持率が回復していった。

どうして、危険を回避してくれるような、リーダーがほしいとならないのだろうか？

ゲーリングがいうように、冷静に考えれば、戦争が起こった場合にあたしたち一般国民が得られる最善の結果といえば、五体満足で元の生活に戻れることぐらいじゃないの。

テレビでは、前日、トランプ米大統領が演説で、「米国と同盟国を守ることを迫られれば北朝鮮を完全に破壊する以外の選択肢はない」とまでいったことと安倍首相の発言を、セットで流している。

だが、国連で演説したのは、この2国だけじゃない。ドイツも、フランスも、中国も、トランプ大統領のいったことに賛同せず、いかなる軍事的行動も不適切であり平和的外交を、と訴えている。韓国も9億円もの人道支援の話をしはじめた。

この国は米国と仲が良い東アジアの国として、米国と北朝鮮との間を取り持ったりとは考えないのか？　それができれば、ほかの国から尊敬される。

なにより、米国と北朝鮮が一戦を交えれば、確実にこの国の国民は被害を受ける。命をなくす人だっているだろう。

そういえば、政治評論家の田崎史郎氏がテレビで「北朝鮮のミサイル発射は2、3日前にわかる」といっていた。安倍さんと安倍友には情報が入って、安全な場所に逃げられるからいいのだろうか。だけど、その他の、少々の犠牲は仕方ないと思っているのなら、惨《むご》い。

（2017・10・5）

＊カルトだと思う

8月15日、終戦の日は靖国神社に参拝に行ってきた。

その2日前にNHKスペシャル「731部隊の真実 ～エリート医学者と人体実験～」を見たら、どうしても行きたくなった。

戦争って最悪だ。人間を悪魔に変える。

靖国神社のホームページには、〈国を守るために尊い生命を捧げられた246万6千余柱の方々の神霊が、身分や勲功、男女の別なく、すべて祖国に殉じられた尊い神霊（靖国の大神）

として斉しくお祀りされています〉と書かれてあったしな。

海外から、この国の閣僚たちの靖国神社参拝が問題視されているのは、A級戦犯が合祀されているからでしょ。

たしかに、無謀な戦争を企て、たくさんの罪のない人々を巻き込んで殺した指導者たちは酷《ひど》い。憎いとさえ感じる。

が、それ以外の、「靖国で会おう」といって遠い戦場で死んだ兵士たちも祀られているわけで、あたしはこの方たちの御霊に、「どうか戦争が起きませんように。平和な世がつづきますように。見守っていてください」と手を合わせた。

一般の列に並んで参拝の順番を待っていると、カメラクルーを引き連れ、のぼりを掲げた議員団に出会った。

この人たち、なんで集団で参拝しなきゃなんないの？　つーか、この国の閣僚たちも、なんで記帳簿に、自分の役職名を書くのかな？

もしかして、選挙のことを考え、ある種のアピールだったらいやらしくないか？

凄まじい死に方をした人々に対し、敬意もなにもあったもんじゃないと思う。

さて、靖国神社を参拝していると、顔バレしてしまって、おなじく参拝していた人たちから、「室井さんですか？　一緒に写真を撮ってください」などといわれた。それだけじゃなく、「室井さんがこの日、ここにいらっしゃるなんて、感激です」とも。

その言葉の裏にあたしは、〈左がかっている発言が多い室井さんが……びっくり！〉

みたいなものを受け取った。あたし自身、左も右もないんだけどな。ただ、安倍首相のやり方が嫌いで、第1次安倍政権からずっと批判してきた。そしたら、いつの間にか、「左翼」とか「売国」とか「アカ」とかいわれるようになった。一部の人たちに。戦争は絶対反対で、行きすぎたグローバル主義は反対で、緑の下の力持ちである自衛隊の方々を尊敬していて、経済より心の豊かさのほうが大事だと思っていて、今の天皇陛下は好きで、安倍首相が嫌い。それだと左になるんかい？　意味がわからん。

わかっているのは、安倍さんの悪口をいうと、うるさく罵《のの》る集団がいること。天皇陛下をいじめてるのも安倍さんじゃないの？

それって、あたしの知り合いの保守の人とは違う。一種のカルトだと思う。

（2017・8・31）

＊この国があざけりを受けませんように

2020年、夏季五輪は東京に決まった。安倍首相がプレゼンテーションの場で「福島についてお案じの向きには、私から保証をいたします。状況はコントロールされています。東京にはいかなるダメージもこれまで及ぼしたことはなく、今後とも及ぼすことはありません」と発言した。

事故後の福島第一原発、もうしっかり政府でコントロールされてるんだ。だったら、オリンピック委員じゃなく、まず国民に知らせてくれというのだ。いつから、どのように、コントロールしているの？

毎日、７００トンの汚染水が出て大変だ、っていうのは参議院選挙後すぐのニュースだったよね。では、それからオリンピック招致へ首相がいく間に、コントロールできるようになったのか。

そうそう、オリンピック委員から、「なぜ東京が安全と言えるのか。技術的な面も含めて説明して欲しい」と質問が出た。すると安倍首相は、「原発から漏れ出した汚染水の影響は港湾内にとどまって完全にブロックされている。（中略）日本の食品や水の安全基準は世界で最も厳しい基準だ。日本のどの地域でもこの基準の１００分の１であり、健康問題については、これまでも、今も、将来もまったく問題ないことを約束する」と答えた。

よっしゃ、いったな。東京だけじゃなく、日本全国の安全を宣言したな。しかも国際的な場で。べつに安倍さんがそう宣言したから、この国が安全になるなんて思っていない。第一、今の時点では安倍さんの発言は嘘だもん。あたしは覚えてるよ。魚から放射性物質が検出されたニュースを（海だけじゃなく川や湖の淡水魚にも）。

国際的な場での首相の発言を、もうなんとしても真実に変えるしかない！　そう考え、国が本気で動いてくれればと思う（今まではオリンピック招致活動のほうが優先順位上みたいな感じだったけど）。

嘘を事実に変える、それは事故を起こした福島第一原発をきちんとコントロールすることであり、健康被害を東京だけじゃなく全地域から出さないことであり、汚染水を出さないことだ。そうなるといい。ほんとうに。

ただし、危惧していることが一つ。安倍さんの発言を事実にするため、国が情報を規制したり、隠蔽《いんぺい》したりすることだ。

まあ、いくら事実を隠蔽しようと思っても、嘘はいつかバレる。実際、汚染水の問題にしても、ずっとは隠しきれなかった。でも、福島の子どもたちの異常な甲状腺がんの発生などを考えると、そんな悠長なことはいっていられないのだ。

東京オリンピックの件で国際的な目が、この国に集中する。他所の国からこの国が、「嘘つき」なんて非難やあざけりを受けませんように。

（2013・9・24）

『週刊朝日』連載中の「しがみつく女」から選択して収録しました。

声をあげよう！——あとがきにかえて

ド派手な繁華街から、徒歩15分くらいの場所に住んでいる。中古のタワーマンションの一室を買い、そこに住んでもう13年以上になる。

繁華街はずいぶんくたびれた。そこに集まる人々もおなじ。ネオンでごまかしが利かない昼間の繁華街は、集まる人の数も減り、荒れた墓地みたいだ。建て直しもできない古いビルは、適当にそこへ集められた無縁仏のよう。

歩道の生垣の隅に、コンビニの袋に入れられたゴミとカラスの死骸があった。繁華街の風景に、かなり自然に溶け込んでいた。これ以上ここに相応しいものはないだろう、そう思い背中を丸めてため息をつくあたしも、この繁華街に相応《ふさわ》しい景色の一つなのだった。

13年前に想像した、この街に相応しい自分はこうではなかったはずだ。繁華街は活気があった。国籍や性別を問わず、良い人間も悪い人間も、富める人も貧しい人も、この場所へ来たがる人間はすべて受け入れるような寛容さと明るさがあった。

そして、そこに集まる人たちは、夜のネオンにも負けないくらい、強烈な生のエネルギーを発していた。あたしもこの街に住み一旗あげよう、そう思ったものだ。当時、小学校の入学を控えていた息子も、この街で育てることに意義があるような気がした。

公立の小学校へいった息子には、たしかにあたしが考えていた通りの環境を授けることができた。クラスの4分の1は外国人（多国籍）。親の半分はお金持ち、半分はあたしとおなじ地方から働くためこの地に流れ着いた者。

親は、ビルを所有して不動産収入で食べている人、大手企業のサラリーマン、自営業者、両親ともに非正規雇用、生活保護受給者……。この国のありとあらゆる階層の人々の子が集まる学校だった。

あたしは息子を雑多な中で育てたかった。いろんな人間がいる、いろんな家庭がある、ということを知ってほしかった。

いろんな人間がいるということは、それだけたくさんの個性が存在する。その中で、相手の個性も尊重し、自分という個性の活かし方を学んで欲しかった。

息子は親のあたしが教えなくても、環境から様々なことを学んできた。

自分の能力以外のことで、ほぼこの先は決まっていくのだという悲しい現実など。勉強が好きな子が勉強をできる環境になかったり。そのせいか、どこか諦めながら生きているような、体温が低そうな子になってしまった。

あたしはそんなことは教えるつもりはなかった。だから、生きていくエネルギーに満ちたこの街に住むと決めたのだ。でも、街は変わった。そして、そこで生まれ育った息子は冷めてる男になった。

もう、変われないのだろうか？

ずっと、このままなのだろうか？

そういえばこの国も、かなり変わった。

権力の私物化、ルール無視、公文書の改ざん・隠蔽、先進国で起きているとは思えないことが、長期の安倍政権ではつづいている。超少子高齢化は改善策などなく、格差は広がり、この国では子どもの7人に1人、シングルマザーの半数は貧困になってしまった。あたしの目には、この国は破滅へと突き進んでいるように見える。

隣国への敵意を煽り、自国の政治には不満が向かないようにする。皇室やスポーツも、愛国心を掻き立てる物事として平気で利用する。安倍政権＝この国ではないのに、勝手な愛国心を強いる。自分らに従わない人間を、「非国民」「反日」と罵《ののし》る。同調圧力が強いこの国では、それは効いた。

崩壊しつつある社会は、大勢の生きていくのが精一杯な人間を作り出す。生きていくのが精一杯になると、他者に対しても自分に対しても余裕がなくなる。

世の中にはいろんな人間がいて、たくさんの個性があって、相手の個性を尊重し、自分の個性の活かせる社会——というあたしの理想とは真逆だな。

長期安倍政権がつづき、この国はあたしが愛する国ではなくなった。

しかし、そうなったと認めることと、それでいいと諦めることは違う。変わってしまった世の中において、できるだけ踏ん張ろうと考える自分がいる。

この国の貧困者の実態と、１日で５５００万円も使う首相主催の宴会の様子を交互にテレビで眺めて、なにかを感じてくれ。被災者たちの状況と、東京五輪でのバカみたいな浮かれ方を観て、ほんとになんとも思わないのか？

たしかに、この国は変わって、この国に生きる人たちも変わって、そういう報道を観ても、自分より大変な人がいる、まだ自分は最低じゃない、そんな最悪の捉え方をする人間は増えたと思う。貧困の子どもがいるのに、知らないふりをする卑怯者も増えた。

でも、自分はそれでいいのかを考えてみる。

あたしは、繁華街の歩道脇の捨ててあるコンビニの袋とカラスの死骸を、自分とおなじものだとふと考えてしまったあの日、もう今の世の中に溶け込みたくないと思った。時代が変わっても変わらない自分でいるために、なにかしなくてはと。

ずっと考えていたが、恥ずかしくて出来なかった寄付イベントを、月に1回開くことにした。そこの収益は子ども食堂などへ寄付される。

とても小さな行動だ。そんなことで、この国が、この時代が、すぐにまた変わるとは思わない。でも、息子は変わった。この先、どうしたいのかきちんと自分の頭で考え、口にするようになった。ただ、反抗期が終わっただけかもしれないが。

じつは、時代を作るのは、一人一人の小さなあたしたちの感情だ。子のいちばん身近にいる大人である親が、まずため息をつくのをやめよう。ため息は、意見に変えよう。自由に声をあげていこう。

高校生だって声をあげて、おかしな民間試験導入をやめさせたじゃない。「桜を見る会」も散っちゃったよね。声をあげれば変えられる。一緒に声をあげる人たちが見えてくる。

子を持つ親として、今の時代を生きるのは苦しい。しかし、時代の転換期をこの目で見ることができるかも、それにちょっと参加するかも、そう考えればワクワクする。

一緒に今を乗り越えよう！

２０１９年11月　室井佑月

室井 佑月（むろい　ゆづき）

1970年生まれ。作家。テレビのコメンテーターとしても活躍。現在、『週刊朝日』に「しがみつく女」を連載中。著書に『息子ってヤツは』（2016年、毎日新聞出版）、『ママの神様』（2008年、講談社）、『プチスト』（2006年、中央公論社）、『血い花』（2001年、集英社）ほか多数。

カバー、とびらイラスト　小田原 ドラゴン
ブックデザイン　佐藤 克裕

この国《くに》は、変《か》われないの？

2020年1月10日　初　版

著　者　室井佑月
発行者　田所　稔

郵便番号　151-0051　東京都渋谷区千駄ヶ谷4-25-6
発行所　株式会社　新日本出版社
電話　営業 03（3423）8402
編集 03（3432）9323
info@shinnihon-net.co.jp
www.shinnihon-net.co.jp
振替番号　00130-0-13681
印刷　亨有堂印刷所　製本　小泉製本

落丁・乱丁がありましたらおとりかえいたします。

ISBN978-4-406-06400-2　C0095　Printed in Japan